CARTAS A HARRIET

JAMES

JOYCE

Cartas a Harriet

Organização e tradução
Dirce Waltrick do Amarante
Sérgio Medeiros

ILUMINURAS

Capa
Eder Cardoso / Iluminuras
sobre desenho de Harriet, aproximadamente 1921, de Wyndham Lewis

Revisão
Iluminuras

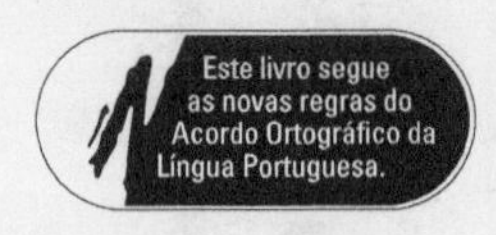

CIP-BRASIL. CATALOGAÇÃO NA PUBLICAÇÃO
SINDICATO NACIONAL DOS EDITORES DE LIVROS, RJ
J79c

Joyce, James, 1882-1941
Cartas a Harriet / James Joyce ; organização e tradução Dirce Waltrick do Amarante, Sérgio Medeiros. - 1. ed. - São Paulo : Iluminuras, 2018.
128 p. : 22 cm.

ISBN 978-85-7321-589-5

1. Joyce, James, 1882-1941 - Correspondência. 2. Weaver, Harriet Shaw, 1876-1961 – Correspondência. I. Amarante, Dirce Waltrick do. II. Medeiros, Sérgio. III. Título.

18-51399 CDD: 828.99156
CDU: 82-6(417)

2018
EDITORA ILUMINURAS LTDA.
Rua Inácio Pereira da Rocha, 389
05432-011 | São Paulo | SP | Brasil
Tel./Fax: 55 11 3031-6161
iluminuras@iluminuras.com.br
www.iluminuras.com.br

Sumário

Um retrato de Harriet Weaver

Dirce Waltrick do Amarante

Lendo as cartas de James Joyce (1882-1941), me surpreendi especialmente com o conteúdo daquelas enviadas à inglesa Harriet Shaw Weaver (1876-1961), que foi muito mais do que a sua editora. Weaver tornou-se sua benfeitora e amiga fiel, com quem Joyce discutia a sua obra a quem o escritor revelava seus conflitos pessoais e familiares.

Em 1957, numa cerimônia na National Book League, em Londres, o crítico inglês Percy Muir se referiu a Harriet Weaver como "a pessoa que fez a vida de Joyce como escritor ser possível — a amiga desconhecida e generosa [...]",[1] uma patrocinadora/mecenas nem um pouco exigente. Quando Weaver morreu, em 1961, Samuel Beckett teria dito a Sylvia Beach que se lembraria de Harriet Weaver sempre que pensasse na palavra bondade.

Weaver era uma mulher bastante discreta, poucas pessoas conheciam sua intensa vida literária e política, e muitos de seus amigos só ficaram sabendo de sua imensa ajuda a Joyce pelo obituário dela.

Mas quem afinal era Harriet Shaw Weaver? Procurando sanar essa minha curiosidade, li a sua biografia, *Dear Miss Weaver* (exatamente como James Joyce se referia a ela em suas cartas), escrita por Jane Lidderdale e Mary Nicholson e publicada pela primeira vez em 1970, em Londres.

É dessa biografia que retiro grande parte das informações que compartilho agora neste ensaio.

Harriet Weaver, nascida em 1° de setembro de 1876, na pequena cidade de Frodsham, era oriunda de uma família muito unida e abastada. Era filha de Frederic Poynton Weaver, médico, e de Mary Weaver, dona de casa, que mais tarde herdaria uma fortuna deixada pelo seu pai. Ambos eram muito atenciosos e carinhosos

[1] LIDDERDALE, Jane; NICHOLSON, Mary. *Dear Miss Weaver*. Londres: Faber and Faber, 1970, p. 445.

Harriet em 1919

com seus filhos, apesar de imporem a eles uma educação restrita, supervisionando suas leituras e limitando seus "prazeres mundanos", como dança e teatro. Seus pais eram membros de uma igreja evangélica e viviam segundo suas convicções e também segundo os costumes vitorianos.

Harriet teria herdado do pai o interesse pela literatura e pela poesia em particular. Logo se tornou uma grande leitora e não gostava das intromissões e censuras de sua mãe a respeito dos autores e livros que deveria ou não ler. Para Weaver, ler se tornou um refúgio e um ato de rebeldia, ainda que esta fosse dosada pelo forte respeito e amor que sentia por seus pais.

Do seu pai herdou também o interesse por diferentes campos: política e filantropia, como se verá à frente. O dr. Weaver era membro de numerosas sociedades médicas missionárias; cuidar dos pobres foi uma de suas preocupações ao longo da vida.

Harriet Weaver não frequentou a universidade, pois não era o desejo de seus pais, mas participou de muitos cursos e deu aulas na Infant's Sunday School at Christ Church (uma escola para crianças).

Não demorou muito para que Harriet Weaver se interessasse também por trabalhos voluntários e por assuntos sociais e políticos. Trabalhou para a Holiday Fund, que arrecadava dinheiro para crianças carentes. Logo depois, recebeu o convite para ajudar crianças inválidas e doentes no distrito de Thames.

Ela abandonou esse último trabalho, pois percebeu que deveria entender mais profundamente os problemas sociais. Decidiu, então, frequentar a London School of Sociology and Social Economics, fundada por uma organização social beneficente que estudava e pesquisava temas econômicos e sociais de forma teórica e prática.

Consta de sua biografia que Weaver se interessava pelo ser humano de modo geral e que sempre gostou mais de ouvir do que de falar. Nunca se interessou especificamente por um companheiro com quem pudesse dividir sua vida. Era uma atitude incomum para as mulheres de sua geração, mas ela queria preservar sua liberdade, que certamente perderia se viesse a se casar. Weaver quase não tinha vida social, embora fosse bem-apessoada e se portasse muito bem socialmente.

Com a morte de sua mãe, Weaver se tornou independente financeiramente e sua vida ficou dividida em departamentos: suas leituras privadas; a vida em família e seu trabalho voluntário. Já nessa época, Weaver patrocinava causas públicas e passou também a escrever sobre política e problemas sociais em jornais como *The Anti-Suffrage Review* e *Women's Employment*.

Weaver acreditava que se devia discutir na impressa qualquer assunto: desde homossexualidade até direitos das mulheres, pois esses debates poderiam aliviar as pessoas que sofriam em silêncio.

Desse modo, tornou-se membro da Freewoman Discussion Circle. Muitas das discussões nascidas ali iam parar nas colunas do jornal *The Freewoman*. O jornal foi considerado imoral pelo lorde Percy e logo seus patrocinadores retiraram o apoio financeiro ao periódico, que teve que fechar as portas, embora muitos assinantes apoiassem a sua publicação. Harriet, que assinava o jornal, soube de seus problemas por sua editora e fundadora, Dora Marsden (1882-1960), de quem logo se tornou amiga.

Marsden fundou um novo jornal, *The New Freewoman*, no qual Weaver colaborou intensamente em todos os sentidos, principalmente cuidando de suas finanças.

Em dezembro de 1913, o jornal mudou de nome, por sugestão do escritor americano Ezra Pound (1885-1972), seu colaborador, e passou a se chamar *The Egoist*, cujo subeditor era o inglês Richard Aldington (1892-1962). A primeira edição foi publicada no primeiro dia de 1914.

A preocupação agora era como pagar seus colaboradores e mais ainda como pagar trabalhos de qualidade e inéditos.

Ainda em 2013, Ezra Pound soubera pelo escritor irlandês William Butler Yeats (1865-1939) que havia um jovem escritor, também irlandês e muito talentoso, que vivia precariamente lecionando inglês em Trieste (Itália). Esse escritor era James Joyce, para quem Pound escreveu um pouco antes do Natal, oferecendo espaço no *The Egoist*, já que aparecer no jornal poderia ser importante para deixar o seu nome mais familiar.

Joyce enviou a Pound o primeiro capítulo do romance *Um retrato do artista quando jovem* e também seu livro de contos *Dublinenses*. Pound ficou entusiasmado com o romance e, embora temeroso da reação das duas mulheres (Marsden e Weaver) diante de algumas passagens do livro, enviou o capítulo a Dora Marsden, que aceitou publicá-lo no *The Egoist*.

Weaver só veio a conhecer a obra de Joyce através desse jornal, segundo consta em sua biografia. Em 15 de janeiro de 1914, Joyce assinava um texto sob o título "*A curious history*"[2] ("Uma história curiosa"), em que contava o percurso desastroso de seu "desafortunado livro", *Dublinenses*, que permanecia inédito depois de oito anos de tentativas frustradas de publicação. Weaver ficou sabendo também que Grant Richards, que mais tarde publicaria *Dublinenses*, assinara um contrato para publicar *Um retrato do artista quando jovem*, mas, alguns meses depois, teria exigido que passagens do romance fossem omitidas. Joyce se recusou a fazer os cortes e, tendo consultado um jurista, pediu que os manuscritos voltassem para ele. Posteriormente, editores dublinenses também assinaram contrato para publicar o mesmo livro, mas também exigiram cortes. Weaver ficou tocada com as dificuldades de publicação pelas quais Joyce passava.

Quanto ao *The Egoist*, um ano depois da sua primeira edição, o jornal precisou mudar de escritório, mas não tinha dinheiro para isso. Weaver garantiu a Marsden que conseguiria o montante necessário para a mudança, e um mês depois ela mesma colocou 100 libras de seu próprio bolso na conta do jornal como uma doação anônima. Foi a primeira de muitas doações anônimas que Weaver fez ao periódico.

Em junho de 1914, Dora propôs que Weaver se tornasse a única editora do jornal, a qual aceitou o cargo imaginando que fosse algo temporário. Dora, porém, sabia que seria um cargo permanente.

Coube a Weaver, a partir dessa data, cuidar da publicação de *Um retrato*, romance que ela teria tratado de uma forma completamente diferente daquela dos outros editores de Joyce,

[2] Segundo Richard Ellmann, "A curious history" é uma resenha escrita por Ezra Pound a partir de informações de James Joyce a jornais irlandeses. Segundo outros estudiosos, trata-se de um texto de Joyce com uma introdução de Pound.

procurando preservar o texto e protegê-lo contra qualquer alteração. No final de 1914, Weaver e Joyce trocaram suas primeiras correspondências.

É interessante pensar que Harriet Weaver era também escritora e preenchia os espaços vazios do jornal com versos escritos por ela sob o pseudônimo de Josephine Wright (em homenagem ao seu bisavô materno, Joseph Wright).

Não demorou muito para que a censura atingisse o texto de Joyce também no *The Egoist*. No dia 1º de janeiro de 1915, apesar dos protestos de Harriet Weaver, o texto de Joyce apareceu mutilado pelos tipógrafos.

Durante a publicação em série de *Um retrato*, Weaver injetou anonimamente mais dinheiro no jornal, para que ele pudesse pagar os direitos autorais a Joyce pela publicação dos capítulos restantes do seu romance. Ela também começou a pensar na possibilidade de publicar o romance em livro, por dois motivos especiais: além de o considerar um grande romance, ela sabia que Joyce precisava de dinheiro.

O jornal *The Egoist* se transformou, sob o comando de Weaver, também em editora, *The Egoist Limited*, que publicaria a primeira edição de *Um retrato do artista quando jovem*, em 12 de fevereiro de 1917.

The Egoist era na verdade Harriet Shaw Weaver, como afirmava Ezra Pound. Embora ninguém soubesse, era ela quem pagava do próprio bolso todos os custos da editora, além dos direitos autorais de seus colaboradores.

Os laços entre Weaver e Joyce se estreitavam cada vez mais. Joyce confiava na amizade de Weaver e ela confiava no talento de Joyce.

Weaver sabia das dificuldades econômicas de Joyce e, para permitir que ele pudesse escrever com certa tranquilidade, começou a enviar doações anônimas para o escritor. Logo Weaver ficou sabendo também do problema de saúde dele (glaucoma) e ficou bastante preocupada e tocada, por isso pagou muitas de suas cirurgias e tratamentos de vista.

Como editora, Weaver trabalhou não só na divulgação da primeira edição de *Um retrato*, como já planejava uma segunda edição; ainda que ela soubesse que a primeira edição do romance não cobrira todo o seu custo; aliás, cobrira apenas uma pequena parte dele. Ela estava ciente também de que os problemas do livro com a censura continuariam.

Em 1917, Weaver tentou ajudar Joyce na publicação de *Exilados*, sua peça escrita muitos anos atrás, que ainda não havia sido publicada. Joyce queria que Weaver a publicasse, mas *Exilados* foi aceita por Grant Richards.

Weaver propôs a Joyce a publicação em série de fragmentos de *Ulisses* e, para tanto, lhe pagou um montante em adiantamento. *Ulisses* foi publicado em série até 1919, quando Weaver suspendeu temporariamente, na verdade permanentemente, o jornal *The Egoist*. O último excerto de *Ulisses* publicado foi a primeira parte do capítulo "Wandering Rocks" [Rochedos errantes]. Com o fim do jornal, Weaver ficaria mais livre para se dedicar exclusivamente à sua editora.

Em cinco anos, depois da primeira correspondência trocada, as cartas entre Joyce e Weaver se multiplicaram e os temas não ficaram restritos apenas a assuntos editorias. Joyce começou a lhe escrever também sobre a sua família, a sua saúde, as suas aspirações e frustrações. Embora ainda não se conhecessem pessoalmente, o que só veio a acontecer em 1922, já eram grandes amigos e Joyce confiava plenamente em Weaver.

Joyce mandava para ela excertos de *Ulisses* e ela os lia e opinava sobre eles. Weaver admirava o trabalho de Joyce e, quando percebeu que sua editora não conseguiria publicar o livro, passou a procurar alguém que o fizesse.

Weaver foi então informada por Joyce que Shakespeare and Company, da editora americana Sylvia Beach, publicaria finalmente o romance, e acompanhou e apoiou Joyce sempre que os problemas editoriais do livro com a censura e com as cópias piratas apareciam.

Uma nova preocupação passou a afligir Weaver: ela ficou sabendo por Wyndham Lewis que Joyce andava bebendo demais. Soube também que muitas pessoas em Zurique achavam que ele estava ficando louco e o aconselharam a procurar o Dr. Jung para se tratar. Numa das cartas a Weaver, Joyce faz menção a esse fato.

Durante todo esse tempo, Weaver continuava mandando dinheiro para Joyce, mas ele já sabia que a tinha como benfeitora e que todas as doações anônimas que recebera anteriormente vieram dela. Sua benfeitora mandava dinheiro inclusive para ele tirar férias com a família e descansar despreocupadamente: "Harriet decidiu que as férias não deveriam se arruinar por preocupações com dinheiro, enviou 200 libras a ele de direitos autorais, antes de sua partida".[3]

Em 1923, Harriet conheceu Lucia Joyce, que foi com o pai visitá-la em Londres. Joyce também compartilhou com Weaver suas preocupações com Lucia, que, segundo ele, tinha um jeito muito particular de ver a vida. Nessa mesma época, Weaver soube dos primeiros passos do novo livro de Joyce, ainda sem título, que viria a ser *Finnegans Wake*.

Weaver foi aos poucos conhecendo a família de Joyce e se envolvendo cada vez mais com ela. Joyce tornava-se também cada vez mais dependente de sua benfeitora e confidente e levava extremamente a sério as suas opiniões a respeito de sua família e de sua obra.

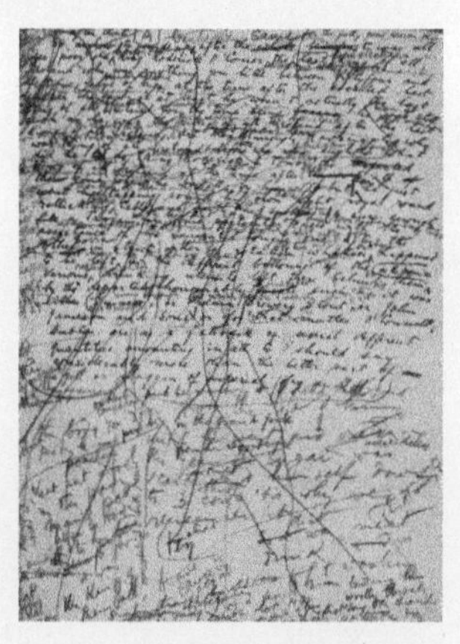

Primeiro manuscrito de *Work in progress*.

A partir de 1923, Joyce passou a enviar fragmentos do *Wake* para Weaver e aguardava ansioso por suas considerações. A nova obra de Joyce, contudo, deixou Weaver atordoada e nem sempre suas considerações agradavam a Joyce. Ele foi ficando chateado, pois achava que ela não o entendia mais. Weaver, por sua vez, ficava preocupada com a importância que ele dava aos seus comentários, e não foram poucas as vezes em que ela lhe disse que confiava nele e lhe daria sempre apoio incondicional.

Ainda assim, Joyce ficou aborrecido com Weaver. Com o passar do tempo, ele passou a lhe escrever menos. Weaver sabia as notícias de Joyce através do artista francês Paul Léon (1874-1962).

Contudo, nessa época, a família Joyce também tinha se tornado dependente de Weaver a ponto de sua filha Lucia ter passado um tempo em sua casa para se recuperar de suas "ansiedades".

Lucia havia sido diagnosticada com esquizofrenia, mas Joyce não aceitava o diagnóstico e passou a gastar uma verdadeira fortuna com tratamentos alternativos para a filha.

[3] LIDDERDALE; NICHOLSON, Op. Cit, p. 221.

James Joyce, Nora Barnacle e os filhos do casal, Lucia e Giorgio Joyce. Paris, 1924.

Weaver acreditava também que Lucia era uma moça normal, apenas um pouco ansiosa; mas, numa de suas estadas na sua casa, nos anos 1930, Lucia jogou uma cuba de água em Weaver e teve um ataque histérico. Esta achou por bem interná-la em um hospital psiquiátrico. Joyce teria ficado muito aborrecido e retirou Lucia do hospital, trazendo-a de volta para sua casa em Paris. Nessa época, o diálogo entre Joyce e Weaver ficou bastante abalado.

Weaver tentava amenizar esses fatos e, sempre que podia, ia a Paris, onde Joyce passou a morar, para falar pessoalmente com ele e dissuadi-lo de suas desconfianças para com ela.

No final dos anos 1930,[4] Weaver se mudou para Oxford, uma vez que a capital inglesa vinha sendo bombardeada: estavam em plena Segunda Guerra Mundial. Lá, Weaver se filiou ao Partido Comunista e ficou responsável pela edição e divulgação de seu jornal. Segundo Sydney Bolt, Weaver foi fiel ao Partido Comunista até o final de sua vida e, aos oitenta anos, era vista nas ruas de Oxford vendendo o jornal *Daily Worker*.

No final da vida de Joyce, eles se falavam muito pouco. Weaver ficou sabendo de sua morte pelo rádio e não hesitou em mandar dinheiro a Nora para que ela pagasse o funeral do marido.

Mesmo depois da morte do escritor, Weaver continuou se comunicando com a sua família e visitava Lucia frequentemente num sanatório na Inglaterra, onde esta fora por fim internada.

Weaver continuou lutando também pela divulgação da obra de Joyce. Ela doou os manuscritos que possuía para a National Book League, para que fossem consultados e estivessem à disposição dos estudiosos do escritor.

Weaver teve contato com seus biógrafos, entre eles, Richard Ellmann; foi amiga de uma das jovens estudiosas do escritor,

[4] Não pude chegar a uma conclusão sobre o ano exato da mudança de Weaver para Oxford e de sua filiação ao Partido Comunista, pois a data não é precisa nos diferentes escritos sobre a vida de Weaver que consultei.

Patricia Hutchins; e ajudou também a organizar seus volumes de cartas e por fim cuidou das traduções de suas obras.

No dia 14 de outubro de 1961, poucos dias depois de ter visitado Lucia Joyce no hospital, Weaver, que estava bastante debilitada e já tinha tido alguns problemas cardíacos, perdeu a consciência e, algumas horas depois, morreu em Saffron Walden. Weaver foi cremada em Oxford.

Segundo as biógrafas de Weaver, "Joyce fugiu de sua mãe, da Mãe Irlanda e da Mãe Igreja, mas a mãe inescapável apareceu novamente na pessoa de sua benfeitora".[5]

Referências:

BOLT, Sydney. *A Preface to James Joyce*. Essex: Longman House, 1982.
ELLMANN, Richard. *James Joyce*. Londres: Oxford University Press, 1965.
LIDDERDALE, Jane e NICHOLSON, Mary. *Dear Miss Weaver*. Londres: Faber and Faber, 1970.

[5] LIDDERDALE; NICHOLSON, Op. Cit., p. 301.

UMA MULHER EXTRAORDINÁRIA

Sérgio Medeiros

A tímida Harriet Shaw Weaver (1876-1961), então com 37 anos e envolvida com literatura em língua inglesa, foi uma das responsáveis pela publicação, em 1913, na ousada revista *The Egoist*, de episódios do romance *Um retrato do artista quando jovem* (1916), de James Joyce (1882-1941), pagando-lhe 50 libras pelo uso de "seu maravilhoso livro". Quando Joyce lhe perguntou, tempos depois, se ela não teria um pouco de sangue irlandês, a editora de *The Egoist* respondeu: "Receio ser irremediavelmente inglesa".

Embora tivesse aderido ao feminismo e depois ao comunismo, a srta. Weaver era, nas palavras de Virginia Woolf, uma mulher antiquada nos modos e nos trajes, em aparente contradição com suas convicções de vanguarda. Enquanto procurava um editor na Inglaterra para o romance *Ulisses*, a srta. Weaver visitou Leonard e Virginia Woolf, com a esperança de que a Hogarth Press, que ambos haviam fundado recentemente, o publicasse. No seu diário[1], a romancista destacou a aparência incongruente da srta. Weaver, descrevendo-a como uma missionária toda abotoada de luvas de lã cuja causa era um livro "carregado de indecências".

Aos poucos a srta. Weaver foi se revelando como mais do que somente uma boa "missionária". Por meio de

Harriet por Man Ray em 1924

1 Virginia Woolf, *A Writer's Diary*, Londres, 1954.

seus advogados, destinou anonimamente a Joyce 200 libras, como doação espontânea, as quais deveriam lhe ser entregues em quatro parcelas. Joyce conjecturou inicialmente que o seu benfeitor pudesse ser um homem, conforme deixou expresso na carta que lhe enviou, datada de 6 de março de 1917. Essa carta está traduzida na íntegra nesta coletânea, e nela se verifica a ojeriza habitual de Joyce a usar vírgulas, a par da franqueza e da espontaneidade que dão ao leitor a impressão de que foi escrita de um jato e não passou por correções. O mesmo estilo reaparece em todas as outras cartas.

Inicialmente, foram os advogados da srta. Weaver que entraram em contato com o escritor, então residindo em Zurique. Na segunda carta, escrita dois anos depois da primeira, Joyce reclama do desinteresse desses mesmos advogados, mas nesse ponto da correspondência o leitor se deparará com um desabafo que não lhe permitirá uma verdadeira compreensão de toda a situação a que se refere Joyce num tom lamuriento. O que fica claro, nessa segunda carta, é que a srta. Weaver não respondeu bem ao episódio *Sereias*. Na biografia de Joyce escrita por Richart Ellmann[2] lemos o que ela disse por carta ao autor de *Ulisses*: "O sr. Pound me enviou o episódio *Sereias* há pouco tempo. Penso poder ver que seu texto tem sido até certo ponto afetado por suas preocupações; quero dizer que o episódio não me parece atingir a culminância habitual de intensidade."

Mas essa opinião morna de maneira nenhuma significou, como chegou a temer Joyce, uma diminuição do empenho de sua benfeitora em facilitar a sua vida em todos os sentidos possíveis. A respeito de outro episódio do romance, que lhe foi enviado depois, a opinião da srta. Weaver foi, desta vez, muita entusiasmada, e ela ainda alertou Joyce em nova carta: "Preciso pedir-lhe mais uma vez que não preste a menor atenção a qualquer comentário tolo que eu possa fazer — que realmente devo deixar de fazer, se puder".

Ao chamá-la de "mulher extraordinária", Richard Ellmann afirma que a "generosidade da srta. Weaver continuou pelo resto da vida de Joyce, e mesmo depois, pois ela pagou por seu funeral."

[2] RICHARD ELLMANN. *James Joyce*. São Paulo: Globo, 1989. (Também consultamos: RICHARD ELLMANN. *James Joyce*. Nova York, Londres e Toronto: Oxford University Press, 1965.)

Quando escrevia *Finnegans Wake*, para garantir a calma necessária para finalizar essa obra capital, Joyce não teve escolha senão enviar a Londres a sua filha Lucia Joyce, que sofria de sério desequilíbrio mental. A srta. Weaver a hospedou em casa, apesar de seu comportamento imprevisível (Lúcia a via ora como amiga, ora como um carcereiro),[3] e, como aconteceu em outras vezes, fez esse favor ao grande romancista sem nenhuma exigência, pois não esperava dele recompensas: desejava apenas que ele finalizasse a sua obra.

Na carta que encerra esta antologia, Joyce afirma: "Se você se arruinou por minha causa como parece altamente provável por que você me culpará se eu me arruinar pela minha filha?". Sabia que se dirigia não apenas a uma mulher extraordinária, mas a uma benfeitora excepcional, que continuaria a apoiá-lo incondicionalmente até o final da vida, e que visitaria, depois da morte dele, ao longo de duas décadas, Lúcia Joyce no hospital psiquiátrico em ela que fora internada na Inglaterra.

[3] CAROL LOEB SHLOSS. *Lucia Joyce: To Dance in the Wake*. Nova York: Farrar, Straus and Giroux, 2003.

Cartas a Harriet

Harriet em 1907

NOTA

As cartas de Joyce para Harriet Shaw Weaver estão dispersas nos três volumes da obra *Letters of James Joyce* (Nova York: The Viking Press, 1957-1966) e num volume mais recente, *Selected Letters of James Joyce* (Nova York: The Viking Press, 1975), que é uma seleção do conteúdo dos três outros com alguns acréscimos, todos editados por Richard Ellmann. Algumas cartas, como a primeira enviada por Joyce à sua "secreta benfeitora", só consta de *Selected Letters of James Joyce*. Outras aparecem nos três volumes de *Letters of James Joyce* de forma incompleta; a versão completa de algumas delas integra o volume de 1975. Curiosamente, essas cartas incompletas também aparecem no célebre *James Joyce*, de Richard Ellmann, importante biografia já traduzida para o português.

Esta antologia, *Cartas a Harriet*, oferece uma seleção expressiva das cartas que Joyce enviou à senhorita Weaver ao longo de vários anos. Selecionamos dessa correspondência as páginas que, por serem, a nosso ver, as mais interessantes e importantes, poderiam finalmente revelar aos leitores brasileiros de Joyce a real dimensão do auxílio moral e financeiro que o romancista irlandês recebeu desinteressadamente de Harriet Weaver.

Acrescentamos algumas notas de rodapé às cartas, a fim de esclarecer passagens e referências obscuras, além de identificar as pessoas citadas nelas. Alguns dessas notas constam da edição original; a maioria delas, porém, justamente as mais detalhadas e desenvolvidas, são de nossa autoria.

11 de novembro de 1914
Via Donato Bramante 4, Trieste, Itália

Cara senhorita Weaver:

Muito obrigado pela sua amável carta do último dia 21, que recebi no dia 7 do corrente mês.

Encaminhei há pouco ao sr. John Jaffe o quarto e também o quinto (e último) capítulos de *Um retrato do artista quando jovem*. Espero que você os receba bem. É muito gentil de sua parte dispender tanto esforço nesse assunto.

Qualquer carta enviada a mim deveria ser em italiano ou alemão e de preferência em envelope aberto e bastante formal.

Espero poder permanecer em liberdade. Até agora as autoridades austríacas não se intrometeram nos meus assuntos de forma alguma.

Permita-me lhe agradecer mais uma vez pela sua gentileza e pedir também que envie minhas calorosas recomendações ao sr. Pound.[1]

P.S.: Consigo mandar essa carta de Veneza,[2] graças à gentileza de um amigo que tenho aqui. O manuscrito foi enviado à Suíça do mesmo modo. Espero que tudo chegue bem.

1 Ezra Pound, poeta e crítico americano, foi extremamente útil para Joyce nesse período.
2 A comunicação entre Trieste e Londres estava difícil nessa época em razão da Primeira Guerra Mundial.

5 de março de 1915
a/c Gioacchino Veneziani, Murano, Veneza, Itália

Cara senhorita Weaver:

Eu lhe ficarei grato se me escrever para o endereço acima informando-me se as últimas partes do meu romance foram agora publicadas na sua revista e também se a forma dessas partes, desde a primeira delas, foi mantida[3]. Foi muito gentil de sua parte me assegurar que reservaria duas cópias de cada edição desde a data em que deixei de recebê-las. Uma carta enviada a mim como indicado acima me alcançará com algum atraso, embora, é claro, eu esteja ainda morando no mesmo endereço e sem ser incomodado.

Espero que a sua revista ainda seja publicada apesar dos dias difíceis. Com respeitosas saudações e agradecimentos Sinceramente seu

James Joyce

[3] A revista a que se refere Joyce é *The Egoist*, publicada por Weaver. Ao longo de 1914, a revista teve duas edições por mês, mas, em 1915, ela passou a ter apenas uma. (*Um retrato do artista quando jovem* ainda não tinha sido concluído até a edição de 1º de setembro de 1915.) Weaver informou a Joyce, em carta de 17 de março de 1915, que a forma não havia sido mantida.

30 de junho de 1915
Gasthof Hoffnung, Reitergasse 16, Zurique, Suíça

Cara senhorita Weaver:

Acabei de chegar aqui [vindo] de Triste depois de um período meio conturbado. As autoridades austríacas foram contudo gentis comigo a ponto de outorgar-me uma autorização para atravessar a fronteira suíça depois da evacuação parcial da cidade ordenada pelo comando militar. Parei aqui porque é a primeira grande cidade depois da fronteira. Eu não [sei] onde morarei na Suíça. Possivelmente aqui mesmo. De qualquer modo ficarei muito feliz em ter notícias por seu intermédio sobre o meu romance. Você pode escrever para o endereço acima. Se eu não estiver aqui a sua carta será remetida para o novo endereço. Estou escrevendo para o sr. Pound nesta ocasião, explicando a minha posição com mais detalhes. Acredito que agora o meu romance[4] esteja concluído.

[4] *Um retrato do artista quando jovem.*

12 de julho de 1915
Reinhardstrasse 7, Zurique VIII, Suíça (Cartão postal)

Cara senhorita Weaver:

Muito obrigado pela sua carta e pelos dois exemplares de *The Egoist* que acabaram de chegar. Provavelmente ficarei aqui (neste endereço) por algum tempo. Já que você me pergunta acho que seria melhor se as partes do meu romance pudessem ser um pouco mais longas de modo que a sua publicação em série se concluísse um pouco antes de novembro. Mas se você não puder fazer isso com facilidade elas podem prosseguir sem interrupção até lá. O sr. Pinker me escreve dizendo que espera que os srs. Secker venham a publicar o livro. Lerei os dois números que você me enviou com grande prazer. Se você me mandar alguns dos números da primavera ficarei muito contente em tê-los comigo.

Posso chamar a atenção para um pequeno erro na sua coluna de anúncios. Meu romance não começou no seu jornal em 1º. de maio de 1914 mas em 2 de fevereiro de 1914 — data, é estranho, também do meu aniversário.

10 de agosto de 1915
Reinhardstrasse 7, Zurique VIII, Suíça (Cartão postal)

Cara senhorita Weaver:

Obrigado pelo número atual de *The Egoist* e também pela sua defesa do meu texto. Sinto que serei obrigado a incomodá-la mais uma vez. Você enviaria por favor uma cópia de *The Egoist* (edição de 15 de janeiro de 1914), contendo o artigo do sr. Pound "Uma História Curiosa" para o sr. A. Llewelyn Roberts, 40 Denison House, 296 Vauxhall Bridge Road, Londres, Sudoeste?

Desde já meus agradecimentos e respeitosas saudações Sinceramente seu

James Joyce

28 de outubro de 1915
Kreuzstrasse 19, III, Zurique, Suíça [Cartão postal]

Cara senhorita Weaver:

Você enviaria a próxima edição de *The Egoist* para cá (meu novo endereço)? Sinto ter que incomodá-la mais uma vez mas eu ficaria muito agradecido se você pudesse me enviar também a edição de 15 de janeiro de 1914 que contém o primeiro artigo do sr. Pound sobre o meu livro de contos.[5] Minha cópia está bem guardada no meu apartamento em Trieste e talvez me fosse útil ter uma cópia aqui. Peço desculpas por lhe dar tanto trabalho e com tanta frequência. Desnecessário dizer que não tenho notícias nem sobre o meu romance nem sobre a minha peça. De fato não tenho mais recebido cartas de Londres há um bom tempo. Desde já muito obrigado. Sinceramente seu

James Joyce

5 Resenha de Pound, "Uma história curiosa", do livro de contos *Dublinenses*.

6 de dezembro de 1915
Kreuzstrasse 19, Zurique, VIII, Suíça

Cara senhorita Weaver:

Estou escrevendo da estação para economizar tempo. Receba os meus mais sinceros agradecimentos pela sua gentil proposta.[6] Em todo caso telefone para o sr. Pinker[7] e também exponha o assunto aos seus funcionários e companheiros. Comprometo-me a comprar para mim mesmo e pagando adiantado 50 (cinquenta) cópias a preço de mercado. Parte da tipografia ainda não está pronta? Quanto aos lucros de um editor autorizado eu ainda não os vi até agora. 26 (vinte e seis) cópias do meu livro *Dublinenses* foram vendidos no Reino Unido durante os últimos seis meses. Nunca recebi dinheiro algum de nenhum dos meus dois editores: e eu não gosto da perspectiva de esperar outros nove anos para ter o mesmo resultado. Estou escrevendo um livro *Ulisses* e quero o outro publicado e fora do meu caminho definitivamente: e a troca de cartas sobre publicação é muito cansativa para o meu temperamento (tão preguiçoso).[8]

[6] Essa proposta consistia em lançar, pela Egoist Press (que nunca publicara um livro antes), de Harriet Weaver, o romance *Um retrato do artista quando jovem*, o qual já havia aparecido em série na revista *The Egoist*.
[7] J. B. Pinker, agente literário de Joyce.
[8] Como observou Richard Ellmann, biógrafo de Joyce, a sua correspondência sobre esse tema era na verdade infatigável.

22 de janeiro de 1916
Kreuzstrasse 19, Zurique VIII, Suíça

Cara senhorita Weaver:

Telegrafei para você na noite passada: recebi vinte e cinco libras esterlinas.[9] Obrigado: e espero que o telegrama tenha chegado sem danos e rapidamente. Não tenho palavras para agradecer a sua generosidade e gentileza. Ela acontece num momento em que estou muito necessitado. Fico realmente muito feliz de saber que você obteve a permissão necessária[10] e que irá publicar meu livro se a firma à qual o meu agente o ofereceu desistir dele. Escreverei para ele sobre o assunto imediatamente. Essa novidade me deu grande alegria pois eu previa vários anos de espera inútil. Enviarei um recibo formal relativo ao montante total e o recibo da segunda remessa de valores num telegrama. Fico feliz em saber também que a sua revista está agora numa posição financeira melhor do que antes e lhe desejo todo o sucesso no futuro.

Por favor aceite mais uma vez meus sinceros agradecimentos e protestos de respeito

[9] Parte do pagamento dos direitos do autor sobre a publicação em série de *Um retrato*.
[10] Weaver consultara o seu conselho editorial.

22 de abril de 1916
Seefeldstrasse 54, parterre rechts, Zurique VIII, Suíça

[Véspera da Páscoa]

Cara senhorita Weaver:

Recebi a sua carta do dia 15 do corrente mês e também os números de março e abril de *The Egoist*. Agradeço as alusões gentis à minha pessoa no seu editorial e lhe peço que transmita meus agradecimentos também à senhorita Marsden. Fico feliz em saber que você tem expectativas melhores sobre os novos impressores e que existe uma possibilidade de que algum editor americano venha a publicar o meu livro. Aguardarei muito ansioso o resultado dessas negociações e tenho certeza de que você me escreverá tão logo tenha alguma resposta definitiva. Só posso esperar que a carreira do livro[11] depois de sua publicação possa recompensá-la dos problemas intermináveis que ele está lhe causando. Com os meus agradecimentos e respeitosas saudações
Sinceramente seu

James Joyce

[11] *Um retrato do artista.*

1 de julho de 1916
Seefeldstrasse 54, parterre rechts, Zurique VIII, Suíça

Cara senhorita Weaver:

Quero me desculpar por não ter respondido antes a sua carta gentil nem ter confirmado o recebimento da revista e dos jornais. Esperei todos esses dias por notícias do meu agente. Ele me escreve agora que tampouco recebeu qualquer carta do editor em Nova York mas parece que o correio está um pouco irregular. Em todo caso envio em anexo duas pequenas correções que lhe peço sejam encaminhadas a Nova York quando você escrever para lá.

Estou profundamente em dívida para com o sr. Pound pela sua incansável gentileza da qual o seu artigo é outra prova. Soube que existe alguma esperança de que a peça[12] venha a ser representada pela Stage Society em Londres. A cópia datilografada está em Nova York — ou em Chicago e existe uma versão italiana em Roma ou em Turim. Eu a ofereci aqui e em Berna mas eles dizem que ela é muito *gewagt*.[13] Meus manuscritos estão dispersos como as ovelhas da pequena Bo-Peep[14] mas eu espero que eles voltem para casa tão bem quanto as dela.

Quando você tiver notícias do sr. Marshall estou certo de que me escreverá para me contar. Tentarei então fazer com que algumas pessoas se interessem pelo livro. Espero que ele venda melhor do que Dublinenses. De acordo com o último balanço que recebi apenas 7 exemplares foram vendidos nos últimos seis meses.

[12] *Exilados.*
[13] Ousada, em alemão.
[14] "Little Bo-Peep" é uma canção infantil.

26 de agosto de 1916
Seefeldstrasse 54, parterre rechts, Zurique VIII, Suíça

Cara senhorita Weaver:

Fico muito feliz em receber a sua carta do dia 19 do corrente mês e saber que o romance finalmente será publicado.[15] Espero que o sr. Huebsch tenha as minhas correções. Não recebi nenhuma carta dele nem assinei nenhum contrato com ele nem meu agente me escreveu sobre esse assunto nos últimos meses. Mas como você pensa em escrever para pedir exemplares suponho que o livro esteja sendo impresso. Tenho certeza de que você está muito cansada com todo esse assunto embora eu esteja bem acostumado com ele: depois de onze anos *ci ho fatto il callo.*[16] Espero que as vendas a reembolsem em alguma medida e tentarei fazer algo nesse sentido.

Permita-me em conclusão lhe enviar meus agradecimentos por toda sua gentileza Sinceramente seu

James Joyce

[15] *Retrato do artista*, que Egoist Press lançaria.
[16] Já estou habituado a isto.

10 de outubro de 1916
Seefeldstrasse 54, parterre rechts, Zurique VIII, Suíça

Cara senhorita Weaver:

Muito abrigada por sua carta. Use por favor os comentários da imprensa sobre as minhas estórias da maneira que lhe parecer melhor. Incluo umas tiras de papel para serem inseridas nos exemplares que serão enviados para os seguintes endereços (os três primeiros, todavia, não devem conter as tirinhas):

1. John Joyce
2. Michael Healy
3. Sra. Murray
4. W. B. Yeats
5. Arthur Symons
6. William Archer
7. H. G. Wells
8. Lady Cunard
9. Edmund Gosse
10. George Moore
11. Edward Marsh

Como não tive ainda nenhuma notícia do meu agente ficarei imensamente grato se você fizer o favor de me escrever tão logo saiba dele ou do editor em Nova York.

Obrigado também pela sua gentil pergunta sobre o livro que estou escrevendo. Estou trabalhando nele tanto quanto posso. Ele se intitula *Ulisses* e a ação se passa em Dublin em 1904. Quase concluí a primeira parte e já escrevi parte do meio e do final. Espero terminá-lo em 1918. Com respeitosas saudações
Sinceramente seu

James Joyce

8 de novembro de 1916
Seefeldstrasse 54, parterre rechts, Zurique VIII, Suíça

Cara senhorita Weaver:

Obrigado pelas suas duas cartas. Ficarei grato se você enviar um exemplar de *Música de câmara* para o sr. Huebsch[17] e também os comentários da imprensa que eu anexei. Concordo com a sua proposta de um artigo com uma xilogravura mas temo que seus leitores já estejam fartos de mim. Em todo caso amanhã enviarei fotografias, uma para o *Egoist* e outra para o sr. Huebsch. Quanto às "informações biográficos" que ele solicita você não faria o favor de lhe indicar o "*Who's who?*" (1916) e também não lhe mandaria um exemplar de *The Egoist* (15 de janeiro de 1914)? Envio também um relatório sobre os meus livros na papeleta em anexo pois suponho que foi a isso que ele se referiu. Com respeitosas saudações Sinceramente seu

James Joyce

Música de câmara:

Alguns desses versos foram publicados na *Saturday Review* e *Speaker* (Londres) em *Dana*[18] (Dublin). O sr. Symons conseguiu que fossem publicados pelo Sr. Matthews.

Dublinenses:

O sr. Norman, editor do *Irish Homestead*? (Dublin), concordou em adquirir algumas das minhas estórias mas depois da segunda estória ele me disse que seus leitores haviam reclamado. As outras estórias eu as escrevi na Áustria.

Um retrato do artista enquanto jovem:

Comecei esse romance com anotações antes de deixar a Irlanda e o concluí em Trieste em 1914. Antes de ir embora ofereci um

[17] B. W. Huebsch, editor norte-americano sediado em Nova York.
[18] Revista irlandesa *Dana*, de publicação mensal.

capítulo introdutório para o sr. Magee (John Eglinton) e para o sr. Ryan, editores da *Dana*. Ele foi recusado.

Exilados (uma peça):

Eu a escrevi em Trieste 1914-1915. (ver *Drama* Chicago – Fevereiro de 1916)

Ulisses:

Eu comecei esse em Roma seis anos [atrás] (ou sete) e ainda o estou escrevendo. Espero finalizá-lo em 1918.

Address:

Morei em Triste desde 1904 — exceto por uma estada de um ano em Roma. Eu a deixei em julho de 1915 quando as autoridades austríacas atenderam minha solicitação de autorização (para mim e para a minha família) para cruzar a fronteira austro-suíça. Desde então eu tenho morado em Zurique, Suíça.

Teatro literário irlandês:

Eu me recusei a assinar a carta de protesto contra *Condessa Cathleen*[19] quando era universitário. Fui o único estudante que se recusou a assinar. Alguns anos depois conheci o sr. Yeats. Ele me convidou para escrever uma peça para o seu teatro e eu prometi fazer isso em dez anos. Cruzei com Synge em Paris em 1902 (onde me encontrava para estudar medicina). Ele me deu *Os cavaleiros do mar* para eu ler e depois da sua morte eu o traduzi para o italiano (para o Sr. Sainati?) com o sr. Vidacovich de Trieste. Também com ele traduzi *Codessa Cathleen* do sr. Yeats mas o projeto fracassou porque havíamos traduzido a primeira versão e o sr. Yeats não quis que essa versão fosse oferecida ao público italiano.

Ezra Pound:

O sr. Pound escreveu para Trieste em 1913 me oferecendo a sua ajuda. Ele levou o manuscrito do meu romance[20] para *The Egoist* onde ele foi publicado em série (de fevereiro de 1914 a setembro de 1915). Ele também se empenhou para a sua publicação na América e na Inglaterra. Ele escreveu muitos artigos (a grande maioria num tom cordial e apreciativo) sobre mim em jornais ingleses e americanos. Assim, não fosse por sua ajuda cordial

[19] Drama em versos de William Butler Yeats.

[20] *Um retrato do artista.*

e pela iniciativa da senhorita Weaver, editora do *The Egoist*, aceitando *Um retrato do artista* depois de ele ter sido recusado por todos os editores, meu romance ainda não teria sido publicado.

Primeiras publicações:

[1] "Parnell", um panfleto escrito quando eu tinha nove anos (1891) sobre a morte de Parnell. Foi impresso e circulou em Dublin. Não sei se alguma cópia poderá ser encontrada hoje.

[2] Um artigo sobre Ibsen na *Fotnightly Review*, escrito quando eu tinha dezessete anos. Ibsen foi muito gentil a ponto de me escrever uma mensagem agradecendo-o.

[3] *O dia da plebe* (um panfleto sobre o teatro literário irlandês). Ele foi escrito para a revista da Universidade mas foi recusado pelo censor junto com um ensaio sobre coeducação (igualdade de direitos entre homens e mulheres) do meu colega, o falecido sr. Skeffington. Publicamos os ensaios juntos na forma de panfleto.

6 de março de 1917
Seefeldstrasse 73, Zurique VIII, Suíça

Prezado senhor (ou senhora):[21]

Os senhores Black, Monro, Saw & Co me escreveram em 22 de fevereiro informando que foram instruídos por você a me enviar a cada dia 1º dos meses de maio, agosto, setembro e fevereiro cheques de 50 libras, perfazendo um total de 200 libras. Eles acrescentam que você é um admirador da minha obra e que deseja permanecer anônimo[22]. Antes de mais nada, peço-lhe que perdoe a minha demora em lhe responder. Desde 4 de fevereiro estou de cama por causa de uma enfermidade dolorosa e de risco nos olhos (irite reumática). Como é a quinta vez que sofro disso, e desta vez agravado por uma sinequia, me foi quase impossível escrever até o dia de hoje.

Estou profundamente tocado por sua generosidade. Mal sei o que lhe dizer. Deu-me grande encorajamento e, vindo num momento como o presente, alivia-me de muitas preocupações. Permita-me expressar a minha mais sincera gratidão tanto pela munificência do seu donativo quanto pela gentileza de sua proposição. Espero que o futuro possa justificar em parte um ato de tanta nobreza e consideração.

Gostaria de retribuir com algo singelo, por isso estou escrevendo aos editores dos meus livros e solicitando que me enviem exemplares os quais eu peço que você aceite com uma dedicatória minha.

Tão logo eu esteja curado continuarei escrevendo um romance no qual estou trabalhando *Ulisses*. Escrevi também uma peça *Exilados* e se for publicada neste ano, a enviarei a você.

Novamente peço que aceite o meu mais profundo agradecimento e esteja certa de toda a minha gratidão e sinceramente seu

James Joyce

[21] Joyce, neste momento, não sabe que está se dirigindo à própria senhorita Weaver.
[22] A senhorita Weaver só revelou sua identidade como benfeitora em julho de 1919.

20 de março de 1918
Universitätstrasse 38, Zurique, Suíça

Cara senhorita Weaver:

Recebi sua carta com o cheque incluso o qual naturalmente eu lhe agradeço muito. É muita gentileza sua me enviar o pagamento dos direitos da publicação em série de um livro[23] que está causando tantos problemas a você e a seu jornal. Enviei o primeiro episódio da *Odisseia* para o sr. Pound mas devo me desculpar pela péssima datilografia. Tentarei fazer melhor nos próximos episódios. Espero que esteja legível apesar dos erros de datilografia. Se você pudesse imprimir em Paris o jornal[24] MM George Crès and CO, 116 Bd. S. Germain disseram que poriam sua gráfica à sua disposição. O exemplar da segunda edição do meu romance chegou assim como os exemplares que você enviou para os dois livreiros locais...

O sr. Pinker me escreveu tempos atrás falando sobre eu ceder a você os direitos autorais de *Ulisses*. Faço isso com o maior prazer. Ainda que eu esteja certo de que em muitos sentidos seja um presente de grego. O sr. Richards tem o direito de opção por contrato o qual expira em 15 de junho de 1919. O romance dificilmente irá chegar ao seu final até lá e em todo caso não penso que ele cogitaria na sua publicação. Você deve informar ao meu agente que o meu desejo é que você detenha os direitos do livro, se você quiser, com esta restrição e que o livro não seja oferecido a nenhum outro editor até que você o recuse. Aceito desde já todos os termos que você venha a propor. Além disso, se, em vista do aumento de preço da produção, você desejar modificar de algum modo os termos do nosso contrato atual eu lhe peço para notificar o meu agente sobre isso.

Fico feliz em perceber que você continua com as suas publicações no formato de livro e lhe desejo todo o sucesso.

Permita-me agradecer-lhe mais uma vez pela sua generosíssima iniciativa e também pelas palavras gentis de aprovação ao meu livro. Fico muito grato por elas.

[23] *Ulisses.*
[24] *The Egoist*, que planejava a publicação em série de *Ulisses*, estava tendo enormes dificuldades com a sua impressão.

18 de maio de 1918
Universitätstrasse 38, Zurique, Suíça

Cara senhorita Weaver:

Muito obrigado por sua carta. Quanto ao projeto de imprimir o meu romance *Ulisses* numa gráfica particular e inseri-lo como um suplemento ficarei feliz se isso puder ser feito. Tenho um cartão do sr. Courtney dizendo que se um exemplar do meu romance for enviado a ele a/c *Daily Telegraph* ele vai dar a notícia mas, acrescenta, a página de literatura desse jornal é muito reduzida. É uma pena que você não tenha considerado possível aceitar a oferta dos srs. Crès para imprimir seu jornal em Paris. Temo que você tenha perdido bastante dinheiro com o meu livro infeliz[25] e então proponho lhe ceder, e não ao sr. Richards, os direitos autorais do livro e considerar as somas já adiantadas por você pelos direitos da publicação em série como um adiantamento do pagamento dos direitos autorais a ser creditado em conta corrente, se você concordar, em dois ou três abatimentos nos valores que eventualmente me competem pelos cálculos semestrais das vendas. Há uma pequena probabilidade de que o sr. Richards venha a publicar o livro. Agradeço-lhe por me ter transmitido a proposta gentil do meu editor de Nova York. Por favor escreva a ele e diga que eu não posso lhe prometer, por muitas razões, de entregar todo o *Ulisses* datilografado durante o próximo outono. Se a *Little Review* continuar lançando-o regularmente ele pode publicar uma edição barata da *Telemaquia*, isso é, os três primeiros episódios — sob o título *Ulisses I*. Sugiro isso no caso de o plano dele ser o de evitar que as poucas pessoas que me leem se esqueçam que eu ainda existo. A segunda parte, *Odisseia*, contém onze episódios. A terceira parte, *Nostos*, contém três episódios. No total dezessete episódios dos quais, incluindo o que está sendo datilografado agora e que será enviado em um dia ou dois, *Hades*, entreguei seis. É impossível dizer quanto

[25] *Ulisses.*

do livro já foi efetivamente escrito. Vários outros episódios foram rascunhados pela segunda vez mas isso não significa nada porque embora o terceiro episódio de *Telemaquia* tenha ficado durante um bom tempo no segundo esboço eu gastei nele cerca de 200 horas antes de finalmente passá-lo a limpo. Temo ter pouca imaginação. Estou certo de que esse assunto deve ser muito cansativo para você. De qualquer modo, se tudo correr bem o livro deverá estar concluído no verão de 1919. Se ele estiver composto antes disso já poderia então ser publicado imediatamente. Não ficou muito claro para mim lendo a última carta do sr. Pound se ele está enviando o manuscrito do livro para Nova York ou não. De qualquer forma estou enviando o próximo episódio também por intermédio dele. Fico feliz em perceber que você continua publicando livros. Incluo alguns fragmentos de notícias do continente[26] e espero poder acrescentar outras mais, da Itália e da Holanda.

Minha saúde está melhor e espero que a minha vista fique boa.

Acho que devo dizer para concluir que se você quiser imprimir qualquer outro livro no formato de estória em série no lugar de Ulisses peço que não imagine que protestarei por causa disso. Fiz a sugestão nesta carta em parte para permitir que você proceda da maneira que achar mais adequada. Espero que as vendas da segunda edição do meu outro livro sejam satisfatórias.

[26] Sobre o livro *Um retrato do artista.*

25 de fevereiro de 1919
Universitätstrasse 29, III, Zurique, Suíça

Cara senhorita Weaver:

Lamento que minha saúde muito difícil tão frequentemente me obrigue a parecer descortês. Incluo alguns comentários sobre a minha peça *Exilados* sobre a qual você teve a generosidade de escrever favoravelmente. Eu fiquei muito grato com as suas palavras amáveis sobre o episódio Cila e Caríbdis do meu livro *Ulisses* mas deploro que ele tenha lhe tirado o sono. Sobre a maioria dos outros leitores ele terá sem dúvida o efeito contrário. Enviei alguns dias atrás o episódio Rochedos Errantes para o sr. Pound que também está doente. Se ele ainda não o enviou a você poderia você escrever para ele. Tão logo eu consiga trabalhar novamente devo terminar as Sereias e enviá-lo. Estou bem melhor esta tarde mas meus olhos são tão caprichosos que posso ficar doente amanhã. Desta vez o mal-estar foi na minha vista "boa?" de modo que os sintomas conclusivos da irite realmente não se manifestaram. Ela tem sido leve mas intermitente de modo que durante cinco semanas pude fazer muito pouco ou nada exceto permanecer constantemente junto do fogão como um chimpanzé com o qual em muitas coisas me pareço. Recebi um exemplar de *The Egoist* com o segundo episódio.[27] Espero que eu possa terminar o livro neste ano ou no começo do ano que vem. É tão difícil para mim escrevê-lo quanto o é para meus leitores lê-lo. Eu pedi ao sr. Chalas[28] que transmita meus agradecimentos ao sr. Aldington e pediria a você que transmita minhas desculpas ao Sr. Lewis.[29] Foram-me prometidos dois comentários sobre o seu livro *Tarr* mas nenhum apareceu. Tão logo eu volte à ativa tentarei retomar esse assunto. Um foi enviado a uma revista holandesa dezoito meses atrás e saiu na semana passada! O sr.

[27] De janeiro a dezembro de 1919, três episódios e meio de *Ulisses* saíram em *The Egoist*, antes de a revista parar de ser publicada.
[28] Amigo de Joyce em Zurique.
[29] Escritor e poeta Wyndham Lewis.

Linati[30] me escreveu durante a minha enfermidade e responderei a ele se a fronteira ítalo-suíça estiver agora aberta. Não posso me esquecer de lhe agradecer pela pontual remessa do valor dos direitos autorais em dezembro. Foi muito útil para mim. Espero que esse livro deplorável algum dia lhe recompense nem que seja em parte de todos os problemas que ele lhe causou. Com renovados agradecimentos e respeitosas saudações Sinceramente seu

James Joyce

[30] Carlos Linati, tradutor. Assinou as traduções para o italiano de *Um retrato do artista* e *Exilados* e de algumas páginas de *Ulisses*.

20 de julho de 1919
Universitätsstrasse 29, Zurique, Suíça

Prezada senhorita Weaver:

Protelei minha resposta à sua carta porque esperava receber um telegrama ou uma carta de seus advogados, mas, como nada me chegou e estou perplexo, lhe escrevo agora. Você provavelmente descobriu entrementes que sou uma pessoa muito estúpida — um fato que eu teria preferido ocultar. Fui induzido em erro por certas afirmações ou alusões na última carta que seus advogados me enviaram tanto quanto pela minha própria interpretação equivocada do que aceitei por engano como uma pista a respeito do nome da minha benfeitora.[31] Se você estiver informada de que vivo em completa ignorância a respeito dos acontecimentos e das pessoas de Londres você se sentirá talvez inclinada a perdoar a minha estupidez. Raramente vejo um jornal ou um livro e não me correspondo com ninguém de lá sem considerar as cartas formais e as (agora muito raras) cartas do sr. Pound. Não vejo porque eu deveria retirar as frases a que você alude mas vejo, isso sim, porque eu deveria aplicar a mim mesmo os epítetos opostos.[32]

Senti nestes últimos dias de espera nova sensação de perplexidade devido ao fato de que ao mesmo tempo que tive o grande prazer de saber que foi você que me ajudou e ainda está me ajudando tão generosamente você me escreve que o último episódio enviado[33] parece revelar até certo ponto uma debilidade ou prolixidade. Depois do recebimento de sua carta reli esse capítulo muitas vezes. Levei cinco meses para escrevê-lo e sempre

[31] Joyce supôs que sua benfeitora fosse Lady Cunard, amiga de Ezra Pound, Tristan Tzara e Constantin Brancusi, entre outros. Nancy Cunard (1896-1965) era uma rica inglesa que fundou na França The Hours Press.

[32] Numa carta de 6 de julho, Harriet Weaver lhe escreveu, esclarecendo o mistério: "Talvez fosse melhor eu acrescentar que fui eu quem enviou a mensagem por intermédios dos srs. Monro, Saw & Co. e que lamento tê-la mandado dessa maneira e na forma em que o fiz. É bastante inibidor comunicar-se por intermédio de advogados. Receio que o senhor tenha de retirar todas as palavras sobre delicadeza e auto-obliteração. Posso apenas implorar que perdoe minha falta delas."

[33] *Sereias.*

que termino um episódio minha mente mergulha num estado de completa apatia do qual parece que nem eu nem o meu livro deplorável jamais emergirão. O sr. Pound me escreveu muito rapidamente para desaprovar mas eu penso que a sua desaprovação está baseada em motivos que não são legítimos e é devida principalmente aos diversos interesses de sua admirável e enérgica vida artística. O sr. Brock[34] também me escreveu pedindo-me que lhe explicasse o método (ou métodos) da loucura mas esses métodos são tão múltiplos, pois sofrem variação de uma hora do dia para outra, de um órgão do corpo para outro, de episódio para episódio, que eu por mais que aprecie sua paciência crítica não poderia tentar oferecer uma resposta. Preciso lhe pedir que acrescente aos enormes favores que me tem feito também o da paciência. Se as Sereias foram consideradas tão insatisfatórias tenho pouca esperança de que Ciclope ou mais tarde o episódio Circe venham a ser aprovados: e, além do mais, sou incapaz de escrever esses episódios rapidamente. Os elementos necessários irão se fundir só depois de prolongada convivência. Confesso que é um livro extremamente cansativo mas é o único livro que sou capaz de escrever no momento.

Durante esses dois últimos anos em que recebi seus donativos sempre tive o pressentimento (que agora se provou falso) de que cada episódio do livro à medida que ele avançasse iria gradualmente alienar a solidariedade da pessoa que estava me ajudando. A palavra ardente endereçada a mim por seus advogados em resposta à minha inquirição[35] tem um significado peculiar para a minha mente supersticiosa não tanto por qualquer qualidade ou mérito na própria escrita como pelo fato de que o progresso do livro é de fato como o progresso de um jato de areia.[36] Logo depois de mencionar ou incluir qualquer pessoa nele ouço sobre a sua morte, partida ou infortúnio: e cada episódio sucessivo, que trate de algum ramo da cultura artística (retórica, música ou dialética), deixa atrás de si um campo arrasado pelo fogo. Desde

[34] Crítico inglês A. Clutton Brock (1868-1924).

[35] Joyce indagou os advogados a respeito da qualidade artística que o seu benfeitor ou benfeitora mais apreciava em sua obra. Conforme a resposta que obtivesse, ele esperava descobrir se era um homem ou uma mulher.

[36] Equipamento destinado a lançar areia, em alta velocidade, sobre superfície metálica ou vítrea etc., ou para obter acabamento artístico, ou para remover pintura, ferrugem etc. (*Dicionário Aurélio da Língua Portuguesa*. Curitiba: Positivo, 2010.)

que escrevi Sereias sinto que me é impossível escutar qualquer tipo de música.

Tentei expressar minha gratidão a você mas não posso fazer dessa forma. Como você é a pessoa que levou o meu livro *Um retrato do artista quando jovem* ao “conhecimento” do público ficarei muito grato se você aceitar o manuscrito daquele livro. Ele está em Triste e, assim que as circunstâncias forem mais favoráveis, irei pegá-lo para enviá-lo a você.

Você me deu a ajuda mais generosa e oportuna. Gostaria de poder me sentir merecedor dela tanto como poeta quanto como ser humano. Tudo o que posso fazer é lhe agradecer. Muito atenciosamente seu

James Joyce

6 de agosto de 1919
Universitätsstrasse 29, Zurique, Suíça

Prezada senhorita Weaver:

Tenho de lhe agradecer novamente pela sua doação de £100 enviadas a mim por seus advogados que estavam pendentes da conclusão do acordo e pela sua longa e esperada carta. Fiquei infinitamente aliviado com ela. Eu não deveria dizer nada mais sobre o tema das *Sereias* mas as passagens a que você alude não foram pensadas por mim como recitativo. Há no episódio só um exemplo de recitativo na página 12, no prefácio à canção. Todas elas correspondem às oito partes normais de uma *fuga per canonem*: e eu não sabia de que outra maneira descrever as tentações da música para além da qual Ulisses viaja. Entendo que você talvez comece a considerar os estilos variados dos episódios com desânimo e prefira o estilo inicial tal como fez o viajante que ansiava pela rocha de Ítaca. Mas para condensar no espaço de um dia todas essas caminhadas e vesti-las com a forma desse dia só é possível para mim por meio dessa variação a qual, eu lhe peço que acredite, não é caprichosa.

Confirmando o que eu disse na minha última carta incluí um recorte de um jornal dublinense recebido recentemente que anuncia a morte de um dos personagens do episódio.[37]

Talvez lhe interesse saber que a minha peça *Exilados* será apresentada pela primeira vez amanhã à noite em Munique na Muenchner Schauspielhaus. Recebi muitos telegramas convidando-me para estar presente mas não estarei lá para assistir. Menciono isso porque lembro que depois da sua publicação eu recebi de você, para a minha grande surpresa, uma mensagem de elogio deveras reconhecedor. Estou lhe enviando um exemplar da tradução publicada aqui em Zurique há poucos meses pois acho que você pode desejar tê-la também.

[37] O recorte relatava a morte de J. G. Lidwell, advogado, na sua residência em Kingstown.

As questões suscitadas numa de suas cartas anteriores não são urgentes mas, enquanto eu agradeço à srta. Marsden[38] pelo elogio que ela me faz, eu teria preferido fixar o preço do meu livro em 3 xelins — o que é quase o seu valor, eu imagino.

Com os meus agradecimentos pela sua generosidade para comigo e pelo grande interesse que tem demonstrado pela minha escrita e com atenciosas saudações gratamente e sinceramente seu

James Joyce

[38] Dora Marsden (1882-1960), uma amiga próxima da srta. Harriet: foi editora do *Egoist* de janeiro a junho de 1914. Em seus últimos anos escreveu sobre problemas metafísicos.

6 de janeiro de 1920
Via Sanità 2, Trieste, Itália

Cara srta. Weaver:

Muito obrigada por sua amável ideia de me enviar suas fotografias no Natal. Fiquei muito contente em tê-las. Lamento muito porém que meus versos tolos tenham lhe causado alguns momentos de desânimo. Eles não têm muita importância. Eu queria então saber que impressão o meu cansativo, interminável e enfadonho livro *Ulisses* lhe causa! Percebi que o instantâneo que você mandou é de Saint Ives. Posso lhe perguntar se você vem de lá? Falou-me muito dele um amigo meu, um pintor.[39] Tenho tentado descobrir a melhor maneira de enviar o manuscrito[40] pois o serviço postal nesta zona anexada não é muito bom. Eu acho que meu cunhado (que é caixa do banco checoslovaco daqui)[41] conseguirá enviá-lo com a correspondência dele em quatro diferentes remessas. Se isso não puder ser feito eu o mandarei (também em quatro lotes) pelo correio. É claro que se tudo ou alguma parte se extraviar eu escreverei o livro novamente para você mas seria melhor que você tivesse o original. O "original" original[42] eu despedacei e joguei no fogo há oito anos num acesso de raiva por causa dos problemas com *Dublinenses*. Os restos chamuscados do manuscrito foram salvos por uma brigada de incêndio familiar e juntados numa velha folha de papel onde permaneceram por alguns meses. Então eu os separei e reuni da melhor maneira possível e o manuscrito existente é o resultado.

Os exemplares do romance enviadas para os senhores Bemporad chegaram mas os das lojas Schimpf ainda não. Acredito que

[39] Frank Budgen.

[40] De *Um retrato do artista quando jovem*.

[41] Frantisek Schaurek.

[42] Aparentemente, Joyce teria enviado a Weaver o manuscrito da segunda versão desse seu romance. Este teve pelo menos duas versões. A versão "original", ou o que sobrou dela, intitulada *Stephen Hero* (Stephen ou Estevão Herói), foi entregue mais tarde à editora Sylvia Beach, em Paris, que a vendeu em 1938 para a Harvard College Library. Joyce, conforme se sabe, reescreveu inteiramente o volumoso *Stephen Hero*, adotando como título definitivo *Um retrato do artista quando jovem*, e ambas as versões, a antiga e nova (muito menor do que a primeira), se caracterizam por seu conteúdo autobiográfico.

muitos deles podiam ter sido vendidos aqui mas talvez o câmbio, tão desfavorável para os compradores italianos, seja um obstáculo. Infelizmente ainda não encontrei um apartamento e não tenho toda a tranquilidade e liberdade que eu gostaria. Estou trabalhando no episódio Nausícaa. É muito consolador saber que você me considera um escritor porque toda vez que eu me sento com uma caneta na mão tenho de provar isso a mim mesmo e aos outros. Porém espero acabar esse episódio durante o mês de janeiro.

Eu deveria retribuir o gentil envio das suas fotografias mas, excetuando alguns poucos instantâneos, não tenho fotografias minhas tomadas entre o ano de 1904 quando deixei a Irlanda e 1915 quando deixei a Áustria. Tenho porém uma feita em Zurique para o sr. Huebsch e outra tirada em Paris mas não quero as infligir a você a menos que você queira mesmo tê-las. Acredito que a fotografia tirada em Zurique seja boa mas as outras não. As suas fotografias são excelentes, parece-me. Mas quando eu mandei alguns anos atrás uma fotografia para o sr. Pound ele me escreveu uma carta alarmado (com razão, como ficou comprovado depois) com condição patológica dos olhos.

Renovo meus votos de feliz 1920 e espero concluir meu livro durante o ano. Com sinceros agradecimentos e saudações

James Joyce

25 de fevereiro de 1920
Via Sanità 2, Trieste, Itália

Cara Senhorita Weaver:

Estou enviando esta carta registrada porque várias outras que enviei (incluindo duas para você) se extraviaram aparentemente e também umas poucas cartas e alguns livros que foram endereçados a mim aqui. Por ora é melhor registrar cartas pois a confusão atual é enorme. Há cerca de três semanas mandei o episódio *Nausícaa* em duplicata para o sr. Pound. Se ele não o mandou para você por favor escreva a ele pedindo-o. Tive notícias dele nesta manhã para meu grande alívio pois eu temia que a carta também tivesse se extraviado e a perspectiva de fazer tudo de novo não me era nada agradável. Um certo sr. Heaf ou Heap da *Little Review*[43] me escreveu uma carta muito amável e elogiosa na qual conta que o censor dos EUA queimou toda a tiragem de maio e ameaçou cancelar a licença deles se continuassem publicando *Ulisses*. É a segunda vez que eu tenho o prazer de ser queimado aqui na terra de modo que espero passar pelos fogos do purgatório tão rapidamente quanto o meu protetor Santo Aloisio. Estou trabalhando agora em *Gados do sol* o episódio mais difícil numa odisseia, eu creio, tanto pela interpretação quanto pela execução.

Estou lhe enviando em envelope separado um instantâneo tirado em 1913 pelo meu cunhado e se eu puder achá-lo mandarei também um tirado em 1903 em Paris. Um pintor em Zurique[44] fez um retrato incompleto meu que seus amigos chamam de "Herr Satan".

Exilados será publicado numa versão italiana no próximo mês em Milão sendo o tradutor o sr. Linati que considera esse livro mais apropriado para apresentar meus escritos do que o romance ou os contos. Talvez até tenha sido bom que a carta na qual eu lhe passei vários endereços de livreiros daqui não tenha chegado

[43] Jane Heap, coeditora da revista *Little Review*.
[44] Frank Budgen.

a você. Acho que qualquer exemplar enviado para cá teria sido um desperdício. Ontem a libra inglesa valia 62 resultando que um simples exemplar do meu romance no momento aqui está custando 24 liras. Um livro de 9 xelins seria vendido por 36 liras. Romances franceses custam 20 liras. Assim os italianos estão lendo agora somente romances italianos que custam 4,5 liras.

Eu estava interessado em ler o que você me contou em sua carta pois eu mesmo comecei a estudar medicina três vezes, em Dublin, em Paris e de novo em Dublin. Eu teria sido ainda mais desastroso para a sociedade como um todo do que eu sou no meu estado presente se eu tivesse continuado. Talvez eu devesse ter continuado apesar de algumas circunstâncias muito adversas como o fato de que tanto na Irlanda quanto na França a química era dada no primeiro ano do curso. Eu nunca consegui aprendê-la ou entender de modo algum do que se tratava.

O sr. Huebsch escreve com alguma insistência sobre *Ulisses*. Direi a ele que talvez esteja finalizado para publicação no fim do outono mas sem promessa da minha parte. Se a versão tipográfica da primeira metade estivesse definida no verão eu poderia talvez revisá-la então. Eu não sei se eles têm meu texto datilografado completo em Nova York. Seria criar problema fazer a partir da *Little Review*, pois muitas passagens estão omitidas e desesperadamente misturadas. Com os meus cumprimentos
Atenciosamente

James Joyce

12 de julho de 1920
9 Rue de l'Université, Paris, França

Cara senhorita Weaver

Cheguei aqui com a minha família há três dias. Minha intenção é permanecer aqui três meses a fim de escrever a última aventura de *Circe* em paz (?) e também o primeiro episódio da conclusão. Com essa finalidade eu trouxe comigo uma reformulação das minhas notas e o manuscrito e também um resumo de inserções essas para a primeira metade do livro no caso de ele ser composto durante a minha estada aqui. O livro contém (infelizmente) um episódio a mais do que você sugere em sua última carta. Estou muito cansado dele e todo mundo também está.

O senhor Pound me escreveu insistentemente de Sirmione (lago de Garda) de modo que apesar do meu medo de trovões e de detestar viagens eu fui até lá levando meu filho comigo para atuar como condutor de para-raios. Fiquei dois dias lá e ficou combinado quando expliquei minha posição geral e desejos que eu deveria seguir com ele para Paris. Retornei para Trieste e não acredito que eu teria conseguido mover a caravana da minha família de lá — ou se o fizesse nunca eu teria conseguido chegar a Paris. Por essa razão eu achei melhor esperar antes de escrever a você e me demorei também uns poucos dias desde que cheguei aqui porque até então não estava de modo algum seguro de conseguir encontrar aposentos aqui. Encontrei-os e parece que o meu endereço será rue de l'Assomption, 5, I, Passy, Paris. Mas eu ainda não estou lá assim por mais alguns dias você mandará por favor as cartas para mim a/c sr. Ezra Pound, Hotel Elysée, rue de Beaune 9, Paris.

Espero que você tenha recebido devidamente *Gado do sol* que o sr. Pound lhe enviou da Itália. O sr. Froment Fels[45], editor de *l'Action*, deseja começar a publicação em série da tradução francesa[46] (a ser feita pela rra. Ludmila Savitsky que tem um

[45] Escrito de forma errada. O nome correto é Florent Fels.
[46] De *Um retrato do artista quando jovem.*

artigo sobre o sr. Aldington na última edição de *Anglo-French Review*) no próximo número, precedida por uma tradução do artigo do sr. Pound sobre mim no seu último livro *Instigations* (Instigações). Ele também deseja redigir um contrato para a publicação do romance no formato de livro quando a publicação serial estiver concluída. Você deve lembrar que ele me escreveu sobre isso um ano e meio atrás em Zurique. O sr. Lugne Poe,[47] ex-gerente do Odéon e agora do Théatre de l'Œuvre, está com *Exilados* e cogita encená-lo. Um tradutor para isso foi encontrado e, eu acredito, um editor. Você me faria um grande favor se pudesse me enviar uma cópia de *Exilados* para o tradutor e descontar o valor da dívida na minha próxima prestação. Também se não for muito transtorno eu gostaria de três cópias de *Egoist* (15 de janeiro de 1913?),[48] o número que continha a narrativa de *Dublinenses* pois tem alguém aqui que queria ou quer traduzir alguns contos.

Espero que tudo isso redunde em algo prático. É tudo devido à energia do sr. Pound.

Espero que eu seja também capaz de terminar a décima segunda aventura em paz. Como suas companheiras ela significa para mim uma enorme dificuldade técnica e para o leitor algo pior. A maior parte de nostos[49] ou o final foi escrito muitos anos atrás e o estilo é bem simples. O livro todo, eu espero (se eu puder retornar a Trieste em caráter provisório ou temporariamente em outubro) estará terminado por volta de dezembro após o que eu dormirei por seis meses. Com os meus cumprimentos
Atenciosamente

James Joyce

[47] Aurélien-Marie Lugné-Poe (1869-1940), ator e produtor francês, criador do Théatre de l'Œuvre em Paris, em 1893.
[48] Na realidade 15 de janeiro de 1914.
[49] O romance de Joyce está dividido em três partes (Telemaquia, Odisseia, Nostos), e contém no todo 18 episódios.

16 de agosto de 1920
5 rue de l'Assomption, I, Passy, Paris, França

Cara senhorita Weaver:

Muito obrigado pelo exemplar da *Dublin Review*. Li o artigo[50] com especial interesse. É curioso que ele não tenha sido enviado a mim pela agência[51] quando ele apareceu. Na verdade não tenho recebido nada deles há tanto tempo que decerto já fui talvez esquecido. Gostaria de saber qual é a decisão do impressor que você mencionou porque o sr. Rodker, com quem eu falei aqui, sugeriu outro plano. Ele gostaria de ler os episódios *Nausícaa* e *Gado do sol* para avaliar a extensão deles. Talvez você possa deixá-los com ele por uns poucos dias, o que acha? Quanto ao sr. Huebsch eu ouvi dizer que ele está indo para Londres. Seu comportamento para comigo não tem sido satisfatório ultimamente e sua atitude com respeito ao livro me parece duvidosa. Estou porém muito cansado para iniciar qualquer discussão com ele ou com qualquer outro sobre isso. A aventura derradeira *Circe* está me dando em todos os sentidos uma enorme aflição. Reescrevi a maior parte dela quatro ou cinco vezes. Estou feliz que Ulisses tenha somente doze aventuras. Circe ela mesma teve menos problemas tecendo a sua teia do que estou tendo com o seu episódio.

Um certo sr. Vanderpyl me pediu um exemplar do meu romance para ser enviado ao sr. Pierre Mille, 12 Quai de Bourbon, Paris IV e., um escritor e crítico literário de *Le Temps*. Eu suponho que você já foi incomodada o bastante com esse tipo de solicitação. Dois capítulos estão traduzidos e há o boato de que serão publicados em *Mercure de France*. Há também o boato de que *Exilados* vai ser apresentada em francês e italiano. Eu ainda não recebi o terceiro ato da versão italiana. Eu ouvi dizer que a

[50] O artigo se intitulava "Some Recent Books", de C. C. M. (*Dublin Review*, CLXVI 332, de janeiro, fevereiro e março de 1920), e discutia *Um retrato*, descrevendo-o como uma obra flaubertiana e um trabalho de gênio, mas também o considerava extraordinário relato pessoal de "alma muito doente".

[51] *A presscutting agency* era um tipo de firma que procurava, cortava e juntava as notícias de todos os jornais sobre o assunto que o cliente pedia. Celebridades, artistas, políticos, escritores e outros eram os clientes, e em geral queriam saber o que fora dito na imprensa sobre eles mesmos.

tradução espanhola e a sueca estão saindo logo. Espero que logo possa ter novidades definitivas para lhe enviar uma vez que eu não gosto de conversa que não leva a lugar nenhum.

O sr. Pound me apresentou a várias pessoas aqui das quais tive tudo menos uma boa impressão. Ele fez o melhor possível para estimular a boa acolhida dos meus livros aqui mas resta saber se será tão moderadamente bem-sucedido como o foi em Londres.

Você quer dizer[52] que o episódio *Gado do sol* se assemelha com *Hades* porque os nove círculos de desenvolvimento (inserido entre a ilustração no início do capítulo e a vinheta do caos oposto)[53] lhe parecem estar povoados por mortos? Com os meus cumprimentos Atenciosamente

James Joyce

[52] A srta. Weaver escreveu a Joyce em 30 de junho de 1920 sobre *Gado do sol*: "Acho que esse episódio devia se ter sido chamado Hades pois a leitura dele é como estar dando voltas no inferno." Em resposta a sua pergunta sobre o que ela quis exatamente dizer com esse comentário, Weaver lhe respondeu, em 25 de agosto de 1920: "Tenho que lhe pedir mais uma vez que não preste a mínima atenção a nenhum comentário tolo que eu possa fazer — os quais eu de fato devo desistir de fazer — se eu puder."

[53] Em *Ulisses* Stephen Dedalus se refere duas vezes ao "vazio" no qual a vida humana foi fundada.

16 de novembro de 1920
9 rue de l'Université, Paris VII, França

Cara senhorita Weaver:

Estou escrevendo para o sr. Quinn[54] tal como esbocei em minha carta para você e estou feliz que você esteja de acordo com a minha posição. Posso incomodá-la pedindo que me envie um exemplar do meu romance pois preciso para presentear um ator que diz que vai produzir *Exilados*? A Europa ficará em breve cheia de exemplares gratuitos presenteados por mim, ou antes por você, a pessoas que talvez nunca venham a lê-los. Eu anexei uma notícia sobre *Ulisses* no *Dial*[55] de Nova York que o editor da revista me enviou. Com os meus cumprimentos Atenciosamente

James Joyce

[54] John Quinn, advogado de Nova York e patrono das artes.
[55] Evelyn Scott, "A Contemporary of the Future", *Dial* (Nova York, LXIX. 7 out. 1920) pp. 353-67.

1 de março de 1921
5 Boulevard Raspail, Paris VII, França [Cartão postal]

Cara senhorita Weaver:

... eu tenho pelo menos uma notícia nova que não é ruim. Dias atrás recebi uma carta muito entusiasmada do sr. Valery Larbaud o tradutor francês de Samuel Butler e também um romancista afirmando que ele está "doido" com *Ulisses* o qual, ele é bastante gentil para o dizer, é "magnífico e abrangente e humano como Rabelais". Ele diz que se tornou incapaz de escrever ou de dormir depois que o leu e se propôs a publicar a tradução de algumas páginas dele com um artigo na *Nouvelle Revue Française*. Espero que ele não mude de ideia. Com os meus cumprimentos Atenciosamente

James Joyce

9 de abril de 1921
Paris, França

Cara senhorita Weaver:

Noite passada às 6 horas a sra. Harrison, para quem as cenas finais de *Circe* foram passadas para serem datilografadas após o acidente com o dr. Livisier,[56] visitou-me num estado de grande agitação e me contou que o seu marido, empregado da embaixada britânica aqui, encontrou o manuscrito, leu-o e depois o rasgou e queimou. Tentei destrinçar os fatos mas foi muito difícil. Ela me contou que ele queimou só uma parte e que o resto estava "escondido". Eu implorei que ela fosse para casa e me trouxesse o resto. Ela partiu, prometendo voltar em uma hora. Eu esperei até 10:30 mas ela não voltou e tampouco escreveu ou telefonou até agora (11:30 da manhã). Suspeito que ela me ocultou alguns dos fatos. Desculpe, por favor, esta breve carta, pois estou muito cansado. Atenciosamente

James Joyce

P.S.: Eu retirei *Ulisses* por cabograma uma hora após o recebimento da sua carta.[57]

56 O ataque cardíaco do pai do datilógrafo.

57 B. W. Huebsch, em Nova York, não fora capaz de encontrar uma maneira satisfatória de publicar *Ulisses* sem alterações nos EUA, especialmente após o processo sofrido pela revista norte-americana *The Little Review* por causa da publicação em forma seriada, entre 1918 e 1920, de parte desse mesmo livro. *Ulisses* só foi admitido nos EUA, sem cortes, a partir do final de 1933.

23 de abril de 1921
5 Boulevard Raspail, Paris VII, França

Cara senhorita Weaver:

... Vi o sr. Pound. Ele leu *Circe* e *Eumeu*[58] com os quais ele pareceu ficar muito empolgado. Ele me contou que os enviou ou que os estava enviando a você. Estou feliz que eles tenham saído da minha casa. Imagino que você já tenha recebido a carta da srta. Beach[59]. Não acho que seja necessário dizer algo sobre o artigo do sr. Aldington[60] (estou escrevendo para ele em todo caso para agradecer) exceto que ele deve chamar alguma atenção para o livro. Embora eu considere o seu artigo bastante satisfatório (se bem que um pouco irrelevante na minha opinião) talvez seja bom passar para o sr. Eliot quando você os tiver lido os dois episódios que o sr. Pound enviou e também a cópia datilografada de *Gado do sol* o qual eu poderia mandar se você aprovar. Menciono isso porque ele me disse que foi combinado que o sr. Aldigton iria escrever um artigo e ele a réplica.[61] Nesse caso ele deve ver o livro em seu estágio presente (o penúltimo).

Ouvi há pouco que a *Little Review*, um mensário que nos últimos tempos vinha sendo publicado a cada cinco ou seis meses, se tornou repentinamente uma publicação semanal ou quinzenal. Não consegui ver o sr. Pound, de quem partiu o boato, mas irei lhe dizer mais sobre isso amanhã.

Desnecessário dizer que eu concordo de antemão com qualquer coisa que você proponha sobre a edição inglesa. Com os meus agradecimentos e cordiais saudações Atenciosamente

James Joyce

[58] Episódio da terceira e última parte do romance.

[59] Sylvia Beach havia escrito à srta. Weaver solicitando nomes de pessoas na Inglaterra que talvez apoiassem financeiramente *Ulisses*.

[60] Richard Aldington, "The Influence of Mr. James Joyce", *English Review* (Londres), 32 (abril de 1921), pp. 333-41. Aldington considerou *Ulisses* "notável", mas também desprovido de humanidade e perigoso para os outros escritores.

[61] T. S. Eliot, "Ulisses, Order, and Myth", *Dial* (Nova York) LXXV 3 (nov. 1923), pp. 480-83.

24 de junho de 1921
71 rue du Cardinal Lemoine, Paris V, França

Cara senhorita Weaver:

Aparentemente ficamos ambos inquietos e logo aliviados por razões diferentes. Só posso repetir que estou feliz que não seja nenhum problema seu e quanto a mim tendo sido solicitado a explicar por que a sentença de morte não deveria ser aplicada a mim próprio disse que gostaria de retificar uns poucos erros.

Uma bela compilação de lendas a meu respeito podia ser feita. Aqui vão algumas. Minha família em Dublin acredita que enriqueci na Suíça durante a guerra trabalhando para um dos combatentes ou para ambos no serviço de espionagem.[62] Os triestinos, me vendo sair da casa de parentes ocupada pela minha mobília por aproximadamente vinte minutos todo dia e caminhar para o mesmo ponto, o correio-geral, e voltar (eu estava escrevendo *Nausícaa* e *O gado do sol* numa atmosfera terrível) fizeram circular o boato, agora firmemente dado como verídico, de que sou viciado em cocaína. O boato difundido em Dublin (até que o prospecto de *Ulisses* o parasse) era de que eu não podia mais escrever, de que havia tido um colapso e estava morrendo em Nova York. Um homem de Liverpool me disse que ouvira dizer que eu era dono de várias salas de cinema por toda a Suíça. Na América parece que houve ou há duas versões: a que eu estava quase cego, macilento e tísico, e outra que sou uma austera mistura do Dalai Lama com *sir* Rabindranath Tagore. O sr. Pound me descreveu como um severo ministro de Aberdeen. O sr. Lewis[63] me falou que falaram para ele que eu era um sujeito maluco que sempre carregava quatro relógios e que raramente falava exceto para perguntar para o meu vizinho que horas eram. O sr. Yeats parece que me descreveu para o sr. Pound como um tipo de Dick Swiveller.[64] O que pensam as

[62] A censura britânica suspeitara, por algum tempo, de que *Ulisses* fosse um código, segundo Ezra Pound.
[63] Wyndham Lewis.
[64] Personagem de Charles Dickens.

numerosas (e fúteis) pessoas a quem tenho sido apresentado aqui eu não sei. Meu hábito de tratar as pessoas que encontro pela primeira vez de "Monsieur" me deu a reputação de um *tout petit bourgeois* enquanto outros consideram muito ofensivo o que eu considero polidez. Imagino que eu tenha agora a reputação de ser um dipsomaníaco incurável. Uma mulher daqui difundiu o boato de que sou extremamente preguiçoso e nunca farei ou terminarei coisa alguma. (Calculo que devo ter gasto cerca de 20.000 horas escrevendo *Ulisses*.) Um grupo de pessoas em Zurique se convenceu de que eu estava ficando doido gradualmente e se empenhou de verdade para me persuadir a entrar num sanatório onde um certo doutor Jung (o Tweedledum suíço que não deve ser confundido com o Tweedledee vienense, dr. Freud) se diverte às custas (em todos os sentidos da palavra) de senhoras e senhores que não regulam bem.

Mencionei todas essas opiniões não para falar de mim mesmo ou dos meus críticos mas para lhe mostrar como todas elas são contraditórias. A verdade é que provavelmente sou uma pessoa bastante comum que não merecia uma descrição tão imaginativa. Segundo outra opinião sou um astucioso fingido e dissimulado como Ulisses, um " insípido jesuíta", egoísta e cínico. Há alguma verdade nisso, admito: mas de maneira alguma sou só isso (nem é só isso Ulisses) e é meu hábito empregar essa alegada qualidade para defender minhas pobres criações pois por outro lado, como afirmei numa carta anterior, me desviei tanto de qualquer faculdade natural que eu possuía que se não fosse pela sua ajuda imediata eu estaria desamparado.

Não consigo compreender a parte da sua carta que fala de um novo círculo de amigos aqui. A maioria das pessoas a quem o sr. Pound me apresentou na minha chegada me tocou tanto, como teria dito o sr. Dedalus mais velho, quanto "quando eu vagabundeava por uma bela manhã de maio". O diretor do teatro *L'Oeuvre* que estava tão entusiasmado com *Exilados* e me bombardeou com telegramas acabou de escrever uma carta bem insolente e cheia de gírias para dizer que ele não era tão doido para investir na peça e perder 15.000 francos. Meu consolo é que ganhei uma caixa de damascos em conserva — uma aposta que fiz com o sr. Pound (que estava otimista) depois de um exame superficial do diretor supracitado. Eu assinei uma carta dando a ele *carte blanche* para fazer o que quisesse com a peça, adaptá-la, montá-la, tirá-la de cartaz, guardá-la à chave etc. sabendo que se eu me recusasse a assinar em uma semana se espalharia que sou pessoa muito difícil, que fui apresentado ao grande ator Lugné-Poë e que tive uma grande oportunidade mas não soube aproveitá-la. Estou há um ano em Paris e até agora nenhuma palavra sobre mim apareceu em nenhum periódico francês. Seis ou sete pessoas estão ao que dizem traduzindo *Dublinenses* em diferentes partes da França. O romance[65] já foi traduzido e submetido à apreciação mas não consigo nenhuma resposta dos editores (?) sobre o assunto embora eu tenha escrito quatro vezes pedindo até a devolução da cópia datilografada. Nunca vou a nenhuma das várias reuniões semanais pois é uma perda de tempo para mim no momento ficar confinado em salas superlotadas escutando fofocas sobre artistas ausentes e respondendo com um recíproco sorriso polido e distraído às expressões entusiásticas sobre a minha (não lida) obra-prima. A única pessoa que sabe alguma coisa que valeria a pena mencionar sobre o livro ou que fez ou tentou fazer algo por ele é o sr. Valery Larbaud. Ele está agora na Inglaterra. Você gostaria que ele a visitasse antes do seu retorno?

Voltando contudo à acusação formal. O que o sr. Lewis e o sr. McAlmon[66] lhe disseram é, estou convencido, correto mas ao mesmo tempo você pode ter compreendido mal o que eles disseram. Não dou a mesma importância ao mencionado "excesso" como você faz e como o sr. Lewis faz, aparentemente. E no entanto vocês dois estão provavelmente certos. Essa é outra razão pela qual a sua carta me deixou aliviado. Imagino que você vai me considerar um tipo qualquer de velhaco. Talvez eu o seja. O sr. Lewis foi muito agradável, apesar da minha ignorância deplorável sobre a sua arte, ele até chegou a se oferecer para me instruir sobre a arte dos chineses a respeito da qual eu sei tanto quanto o homem da lua. Ele me disse que acha a vida em Londres muito depressiva. Existe um tipo curioso de código de honra entre os homens que os obriga a se auxiliarem uns aos outros e a não obstruir as ações espontâneas uns dos outros e a permanecerem juntos para proteção mútua resultando disso

65 *Um retrato do artista.*

66 Robert McAlmon (1896-1956), contista norte-americano e editor. Viveu principalmente em Paris até 1940, quando retornou aos Estados Unidos.

que muito frequentemente eles acordam na manhã seguinte dentro da mesma vala.

Esta carta começa a me lembrar de um prefácio do sr. George Bernard Shaw. Ela não me parece ser uma resposta à sua carta de modo algum. Odeio qualquer tipo de pose e por isso eu não poderia [escrever] uma missiva inchada sobre tensão nervosa e relaxamento, ou ascetismo e a causa e o efeito de excesso etc. etc.[67] Você já teve uma prova da minha profunda estupidez. Aqui agora está um exemplo da minha nulidade. Não tenho lido um trabalho de literatura há muitos anos. Minha cabeça está cheia de seixos e resíduos e palitos de fósforos quebrados e cacos de vidro colhidos em quase toda parte. A tarefa que me impus tecnicamente escrevendo um livro com dezoito pontos de vista diferentes e com tantos ou mais estilos, tudo aparentemente ignorado ou não detectado pelos meus colegas de negócio, isso e a natureza da lenda escolhida seriam suficientes para arruinar a estabilidade mental de qualquer um. Quero terminar o livro e tentar pôr em ordem definitivamente as minhas intrincadas obrigações materiais de um jeito ou de outro (alguém aqui me disse: "Eles o chamam de poeta. Ele parece estar interessado principalmente em colchões"). E, de fato, eu estava. Depois disso eu quero um bom e longo descanso para poder esquecer Ulisses completamente.

Esqueci de lhe contar uma outra coisa. Embora eu seja considerado um erudito nem mesmo sei grego. Meu pai queria que eu estudasse grego como terceira língua minha mãe alemão e meus amigos irlandês. Resultado, estudei italiano. Eu falei ou costumava falar não muito mal grego moderno (eu falo quatro ou cinco línguas com bastante fluência) e gastei muito tempo com gregos de todos os tipos dos nobres até os vendedores de cebola, principalmente os últimos. Tenho a superstição de que me trazem sorte.

Estou terminando agora esse longo discurso desconexo e vacilante, não tendo dito nada sobre os aspectos mais sombrios da minha personalidade detestável. Acho que a lei deveria seguir seu curso comigo porque agora deve lhe parecer desperdício de

[67] Joyce, que zelava muito por sua imagem pública, pediu que Robert McAlson escrevesse à senhorita Weaver em sua defesa, provavelmente porque temia a reprovação de sua benfeitora, caso rumores muito negativos lhe chegassem aos ouvidos. O escritor desejava que Weaver fosse informada de que ele bebia apenas moderadamente e que era uma pessoa gentil.

corda finalizar a dissolução de uma pessoa que agora se dissolveu visivelmente e mal possui a "suspensabilidade" de um roupão vazio. Com as mais atenciosas saudações grato e sinceramente seu

James Joyce

9 de setembro de 1921 71
71 rue du Cardinal Lemoine, Paris V, França

Cara senhorita Weaver:

Por mais inacreditável que possa parecer um novo ataque na vista anda me ameaçando. Pareço exausto mas estou trabalhando tanto quanto posso. Você tem a minha autorização para fazer o acordo que quiser com o sr. Mathews e com o sr. Richards.[68] Escrevi para este último há dois ou três anos sobre a peça *Verbannte*[69] e termino meu contrato (pelo que peguei 1.000 francos suíços) com o sr. Rascher. Nem ele nem nenhum outro editor jamais me enviou nenhum direito autoral de maneira que não há praticamente nada para o sr. Pinker administrar (a edição particular de *Ulisses* sendo por minha conta e risco[70]) embora ele seja nominalmente meu agente e, se o sr. Richards quiser, o acordo pode ser feito por intermédio dele. Espero que isso possa ser feito sem dificuldades e que depois ninguém, exceto você, me escreverá para falar desse ou de qualquer outro assunto. Estou extremamente nervoso por causa da doença e do trabalho excessivo para tratar de negócios de qualquer tipo. Atenciosamente

James Joyce

[68] Egoist Press assumiria a publicação de *Dublinenses* e *Exilados*, de Joyce.

[69] Tradução da peça *Exilados*, de Joyce, publicada em Zurique em 1919, por Rascher & Cie, os custos tendo sido cobertos por Joyce, que recebera uma doação de um admirador.

[70] Quando em 1920 parecia provável que o governo norte-americano processaria o editor da *Little Review* por obscenidade (já havia confiscado e queimado quatro edições da revista por causa dos episódios de *Ulisses* contidos nela), John Quinn sugeriu em dezembro que a edição do romance fosse impressa de maneira privada, e limitada a 1.500 exemplares, metade dos quais seria vendida na Europa.

13 de outubro de 1921
9 rue de l'Université, Paris VII, França

Cara senhorita Weaver:

Em anexo uma cópia de uma carta que vi somente ontem. Cópias dos prospectos[71] foram enviadas para o sr. W. B. Yeats, o sr. George Moore e é claro eles não responderam. Isso não os impedirá porém de subscrever com uma cota para a publicação do livro anonimamente por intermédio de um livreiro em conjunto com o cavaleiro irlandês idoso. Atenciosamente

James Joyce

P.S.: Talvez eu "devesse acrescentar" que eu ganho uma aposta (feita seis meses atrás) graças à carta do sr. Shaw.[72]

[71] Sylvia Beach teve uma ideia ousada, em 1921, e a propôs a Joyce: "Você deixaria a Shakespeare and Company ter a honra de editar o teu *Ulisses*?" Em 10 de abril, Beach propôs ao autor uma edição de 1.000 exemplares, para ser comprada se possível adiantadamente, e recebeu o apoio imediato de Weaver, que enviou a Joyce 200 libras adiantadas pelos direitos da edição inglesa, que ela publicaria com as provas francesas pela Egoist Press, depois que se vendesse, é claro, toda a edição francesa.

[72] Joyce havia apostado com Sylvia Beach um lenço de seda contra uma caixa de Voltigeurs (uma marca de charuto) que Shaw não contribuiria para a publicação do livro. A sua recusa foi enviada por carta à senhorita Weaver, e termina assim: "Devo acrescentar, já que o prospecto implica um convite à compra, que sou um cavalheiro irlandês idoso, e quem imagina que qualquer irlandês, quanto mais idoso, pagaria 150 francos por um livro, conhece pouco meus compatriotas".

1 de novembro de 1921
9 rue de l'Université, Paris VII, França

Cara senhorita Weaver:

Há quinze dias eu lhe enviei por carta registrada uma série de provas (recibo em anexo). Você as recebeu sem danos? Se sim queira por favor enviá-las de volta para mim de preferência em duas ou três cartas registradas já que os impressos geralmente levam semanas para chegar aqui. Eu tenho duas novas séries para enviar mas gostaria de saber se a primeira série de provas chegou a você.

Agora acabei o episódio *Ítaca* e com isso a composição de *Ulisses*. Só fica faltando fazer a revisão das provas dos últimos quatro episódios. O tipógrafo disse que ele pode compor tudo até 15 de novembro e publicar, ele espera, perto do final do mês. Não pretendo fazer nada em matéria de revisão de provas por dois dias pois estou muito cansado e desatento. Devo começar novamente na quinta e a falta será do tipógrafo e não minha se o livro não for publicado em poucas semanas.

Essas poucas semanas, contudo, estão sendo um transtorno para mim materialmente. São cerca de 400 subscrições feitas, parece-me, mas nenhuma parte do dinheiro estará disponível até que os avisos saiam perto do fim do mês de que o livro está pronto. Eu devia estar feliz de ter essas três semanas livres para completar a revisão das últimas provas. O proprietário já está meio esquisito e estou com medo. Mal tenho energia suficiente para escrever com mais precisão mas se houver qualquer pequena quantia à mão em matéria de direitos autorais ficarei em troca muitíssimo aliviado. Se eu puder passar essas poucas semanas em paz estarei muito propenso a fazer qualquer trabalho diligente que a sociedade possa me impor.

Uma coincidência é a de aniversários ligados aos meus livros. *Um retrato do artista* que apareceu pela primeira vez em série no seu jornal em 2 de fevereiro[73] terminou em 1 de setembro.[74] *Ulisses* começou em 1 de março (aniversário de um amigo meu, um pintor da Cornualha)[75] e foi concluído no aniversário do sr. Pound,[76] ele me conta. Queria saber quando ele será publicado.[77]

Estou enviando esta carta por correio aéreo e, se não for muito incômodo para você, eu ficaria feliz se tivesse uma linha sua em resposta.

Com atenciosas saudações e pedidos de desculpa pelo conteúdo algo penoso e certamente maçante da presente

James Joyce

[73] Aniversário de Joyce.
[74] Aniversário de Weaver.
[75] Frank Budgen.
[76] 30 de outubro.
[77] Joyce havia decidido que o livro deveria ser publicado no dia 2 de fevereiro de 1922, seu próprio aniversário.

10 de dezembro de 1921
9 rue de l'Université, Paris VII, França

Cara senhorita Weaver:

Anexei o artigo[78] de que falei. A parte biográfica dele é uma distorção tão grotesca dos fatos que mal sei o que dizer tanto mais que conheço o escritor há dez anos mas ele deve ter perdido a memória. Você aparece nele como uma "admiradora americana" e eu como um tipo de cardeal Mezzofanti falando "18 línguas europeias e orientais"! A intenção sem dúvida é amigável então encerremos o assunto.

A sessão foi muito boa.[79] No meio do episódio *Ciclope* a luz se foi assim como fez com o próprio Ciclope mas o público foi muito paciente. Estranho dizer que a introdução biográfica do sr. Larbaud continha também certo número de afirmações errôneas mesmo tendo eu respondido várias vezes às perguntas que ele me fizera. Ninguém parece estar inclinado a me apresentar ao mundo no meu prosaísmo sem adornos. No último momento ele decidiu cortar parte do fragmento de *Penélope* mas como ele só me disse isso quando estava caminhando para a mesa eu aceitei. Atrevo-me a dizer que o que ele leu era em sã consciência muito ruim mas não houve o menor sinal de qualquer tipo de protesto e tivesse ele lido as poucas linhas extras o equilíbrio do sistema solar não teria sido muito perturbado.

Agora devo tratar do formidável problema daquele dinheiro mas eu recebi tantas provas (eu anexo mais) por intermédio de duas malas postais por dia que não posso dizer mais do que isto que concordo em princípio com a sua sugestão de que de ele deveria ser investido. Entretanto se isso fosse feito agora eu *poderia* provavelmente ficar sem recursos da presente data até o momento da publicação que *poderia* ser adiada de modo que

[78] Provavelmente, de Silvio Benco em *Il Secolo* (Milão).

[79] Conferência de Larbaud, proferida no dia 7 de dezembro, na livraria de Sylvia Beach, em Paris. Um ator americano, Jimmy Light, leu passagens de *Ulisses*. Cerca de 250 pessoas compareceram e aplaudiram calorosamente, ao final da sessão.

talvez seja melhor não fazer isso. Às vezes sou atormentado pelo receio de que a gráfica seja destruída pelo fogo ou algum evento adverso aconteça exatamente no último momento. Você gostaria de ver a capa de *Ulisses*? Acredito que haja alguns erros de datilografia nesse esboço que lhe mandei. Numa de suas alusões o sr. Larbaud juntou dois episódios.[80] Aparentemente essa atitude é compatível com muita compreensão pessoal do livro e com a amizade para com o seu autor. Restam apenas mais umas 180 páginas para serem impressas eu deveria dizer então que muito em breve esses — e muitos outros pontos poderão ser postos à prova ao se entregar o livro para o mundo.

Estou certo de que esta carta é mais tonta do que o habitual mas o impressor, por alguma razão, me mandou agora as provas de *Circe*, *Eumeu* e *Penélope* ao mesmo tempo sem ter terminado a composição dos dois primeiros e eu tenho que trabalhar nos dois simultaneamente diferentes como são então isso me faz lembrar do homem que costumava tocar vários instrumentos com diferentes partes do seu corpo.

Ouvi dizer que uma paródia do livro intitulada *Ulisses Júnior* acaba de sair no *New York Herald*. Eles deviam ter esperado que o pobre mais velho estivesse devidamente "de volta do mar".[81] Também me dizem que um dos escritores do grupo futurista daqui estimulado por *Ulisses* começou um trabalho a ser intitulado *Telêmaco*. Desejo-lhe felicidades.

Com atenciosas saudações seu

James Joyce

[80] Referiu-se a Elpenor no *Éolo*, em vez de *Hades*.

[81] Referência ao epitáfio de Robert Louis Stevenson.

20 de março de 1922
9 rue de l'Université, Paris VII, França

Cara senhorita Weaver:

Muito obrigada pelo diagrama.[82] Além dos erros de impressão vejo com surpresa que ele está em parte desalinhado deixando o meio do esquema sem sentido. Vou inserir as linhas omitidas, datilografar tudo de novo e enviá-lo de volta para você.

Imagino que você viu o artigo no *Daily Herald*[83] na última sexta-feira. Só pude conseguir 2 exemplares aqui então se você tiver alguns eu gostaria de ficar com dois ou três. A impressão do artista sobre mim me abalou tão violentamente que pensei que a única coisa a ser feita era mandar a você uma fotografia a qual espero que você tenha recebido.

É possível descobrir diplomaticamente se há um exemplar de *Ulisses* na Biblioteca do Museu Britânico? Um pedido chegou do departamento de manuscritos grego mas pode ter sido pessoal. Outro pedido, parece, da biblioteca foi divulgado por um livreiro. Se eles não têm nenhum exemplar irei presenteá-los com um, é claro. Mas se eles já têm um é desnecessário gastar um livro.

Imagino que uma crítica ou críticas vão aparecer esta semana. O sr. S. P. B. Mais do *Daily Express* que recebeu um exemplar diz que vai escrever um "artigo apreciativo".[84] A questão das cópias da imprensa e da biblioteca que estava me preocupando foi finalmente solucionada mas não antes que a senhorita Beach fosse a Dijon. Ela voltou ontem e tudo parece estar em ordem agora. Com atenciosas saudações Sinceramente seu

James Joyce

[82] O esquema de *Ulisses*. No começo de novembro de 1921, Joyce emprestou a Larbaud, como no ano anterior emprestara a Linati, o intrincado esquema de *Ulisses*, que mostrava seus paralelos odisseanos e suas técnicas especiais.

[83] "A semana em Paris", de George Slocombe. *Daily Herald* (Londres), 17 de março de 1922.

[84] S.P. B. Mais, "Um rebelde irlandês: e alguns açoitadores". *Dalily Express* (Londres), 25 de março de 1922.

30 de abril de 1922
9 rue de l'Université, Paris, França

Cara senhorita Weaver:

Obrigado pelos exemplares de *Nation*. O artigo do sr. Murry é muito conveniente pois acho que vai romper o boicote.[85] Eu o encontrei casualmente poucos dias atrás no almoço e ele me escreveu mais tarde o que segue em anexo.[86] Ele me conta que escreveu um segundo artigo e que pretende fazer um terceiro.

Fico feliz em saber que você está passando longas férias no campo. As minhas ainda não chegaram. Envio-lhe um exemplar do *New York Herald* com um segundo artigo.

Eu anexo a carta mas quando você me escrever talvez possa fazer a gentileza de enviá-la de volta.

Fico feliz em saber que a senhorita Marsden concluiu o livro dela e lhe peço que lhe transmita meus respeitosos cumprimentos. Com minhas saudações Atenciosamente

James Joyce

[85] J. Middlenton Murry, "*Ulisses* do Sr. Joyce", *Nation and Atheneum* (Londres), 22 de abril de 1922.

[86] Uma carta para Joyce de Murray, sem data, na qual ele afirma: "Sinto que não me desculpei o bastante pela impropriedade do meu artigo sobre 'Ulisses'. Muito antes de escrevê-lo eu havia compreendido que era impossível tentar dizer alguma coisa que realmente valesse a pena sobre ele dentro dos limites de espaço que me haviam sido impostos e que eu devia limitar minha diligência à tarefa de ajudar a divulgá-lo. Meu artigo não tem mais nenhum outro mérito". Ele concluiu convidando Joyce para um chá.

4 de outubro de 1922
9 rue de l'Université, Paris VII, França

Cara senhorita Weaver:

Vi o dr. Borsch ontem depois de ter esperado 2 horas e meia. Ele diz que provavelmente ambas a irite e a persistência desta nebulosa se devem a abcessos na raiz de dentes que deverão ser drenados ou removidos. Seja como for ele não acredita que sofrerei um desses ataques de novo pois o olho passou por uma alteração decisiva da qual ele diz que me recuperei. Ele quer corrigir a lente direita dos meus óculos e me deixará então ir para Nice na segunda ou terça-feira. Ele diz que se a estada lá e a cirurgia dentária (que na sua opinião não provocará um ataque no olho) não dissiparem suficientemente a nebulosa uma operação superficial — não iridectomia ou iridotomia mas esfincterotomia irá provavelmente restaurar em grande parte a minha visão de antes.

Estou enviando uma cópia das notícias da imprensa. Encontrei o sr. Jaloux[87] que disse que lhe enviou algumas frases. Indiquei os lugares onde ele e John Eglinton entram no coro. As linhas suprimidas podem ser usadas por eles. Penso que essa mudança podia ser feita já pois ambos as críticas são importantes...

Espero que o dr. Borsch tenha razão. A perspectiva não é animadora mas eu os deixarei (dentista e oculista) agir como quiserem na esperança de que eu possa ter minha visão de volta. A opinião dele coincide com a do Dr. James na maior parte a respeito de quem assim como do dr. Henry veja *Ulisses* p. 243, 1.8.[88] Com os meus cumprimentos Atenciosamente

James Joyce

[87] Edmond Jaloux (1878-1949), crítico francês.
[88] Henry & James era uma loja de roupas na Parliament Street, em Dublin. No *Ulisses* se lê, na página indicada por Joyce: "[...] the gentleman Henry, *dernier cri* James".

27 de outubro de 1922
Hotel Suisse, Nice, França [Carta ditada a Lucia Joyce]

Cara senhorita Weaver:

Obrigado pelo adiantamento (£120).[89] Ocupei um apartamento na quarta-feira e afortunadamente só paguei uma pequena quantia (£2), já que não tinha o dinheiro no meu bolso. Uma hora depois senti o primeiro sinal de distúrbio na minha vista e no dia seguinte eu estava novamente nas mãos do médico, um recomendado pelo dr. Borsch no caso de necessidade. Ele atribui a recaída principalmente à chuva e aos vendavais da última semana. Não chovia havia nove meses desde que cheguei. Vou receber a visita de cinco sanguessugas dentro de uma hora e ele espera que uma vez aliviado o acúmulo o ataque não sobrevirá. Sem nenhuma tensão. Ele acha que tão logo seja possível eu devia ser operado pois o risco é muito grande. Minha vista melhorou muito mesmo durante a inflamação. Levantando a minha cabeça num certo ângulo posso enxergar tanto com o meu olho ruim quanto com o bom. Isso significa que existe um espaço claro na parte mais inferior da nébula sobre o cristalino. Parece que a operação não terá provavelmente um efeito tão prejudicial quanto teria se tivesse sido feita quando a vista estava quase totalmente ofuscada.

Você poderia por favor confirmar suas instruções as quais eu passei para o sr. Darantière?[90]

Agora concluo esta carta pois minha filha que a está escrevendo não é uma tão notável escritora em inglês como o seu incômodo pai, graças a Deus. Com os meus cumprimentos Atenciosamente

James Joyce

[89] Adiantamento relativo aos direitos autorais da nova edição de *Ulisses* em inglês.

[90] Maurice Darantière, impressor de Dijon que fazia trabalhos para Sylvie Beach. Sua gráfica imprimiu o *Ulisses*.

11 de março de 1923
26 Avenue Charles Floquet, Paris VII, França

Cara senhorita Weaver:

Fico feliz em saber que o recente acontecimento na sua família é dos mais auspiciosos. Obrigado por enviar o livro para o meu irmão mas por que esses exemplares não estão numerados. É normal? Deploro saber que outros 500 exemplares foram apreendidos. Imagino que isso significa a perda e a ruína de metade de toda a edição.[91] Seria lhe pedir muito que me enviasse por carta registrada um exemplar de *La Tribuna* com o artigo do sr. Cecchi,[92] pois estou cético quanto à chegada de outro exemplar. Vou mandá-lo de volta. A senhorita Beach me conta que o sr. Powys Mathers lhe disse que saiu um segundo ataque a *Ulisses* no *The Sporting Times* dizendo que a segunda podia ser comprada por 10 xelins. Muitos leitores daquele admirável jornal lhe enviaram ordens de pagamentos. Continuo o tratamento com dionina com o dr. Borsch. Estou certo de que você está me repreendendo pela minha covardia e procrastinação. Eu admito no começo mas agora é por sugestão do dr. Borsch que prossigo e embora ele não tenha aumentado a dose minha vista está melhorando lentamente. Tive uma longa conversa com ele uma tarde dessas. Ele disse que se eu tivesse concordado em ser operado em maio[93] com toda a probabilidade eu teria

[91] Trata-se de exemplares de *Ulisses* da edição de Londres-Paris do outono de 1922 (edição da Egoist, impressa na França). Ao todo 499 cópias da edição foram apreendidas e confiscadas pelas autoridades da alfândega de Folkestone, Inglaterra. "Metade da edição" é um engano, uma vez que a edição era de 2.100 exemplares, e não de 1.000 apenas. A edição que Sylvia Beach propôs a Joyce em 1921 era, de fato, de 1.000 exemplares, e se esgotou no verão de 1922. A edição de Weaver, porém, previa inicialmente 2.000 exemplares, e saiu com 2.100 exemplares, em 1922. Enviados pelo correio aos Estados Unidos, de 400 a 500 exemplares foram queimados pelas autoridades daquele país; em janeiro de 1923, uma edição de 500 exemplares foi feita para substituí-los. Pouco depois, 499 exemplares dessa edição foram apanhados pelas autoridades da alfândega inglesa, justamente em Folkestone. Um exemplar, porém, foi enviado a Londres com sucesso pelo correio. Depois disso, como declarou Weaver, "o livro foi banido da Inglaterra".

[92] O crítico e escritor italiano Emilio Cecchi escreveu um breve artigo sobre *Ulisses* no jornal de Roma *La Tribuna*, em 2 de março de 1923.

[93] Em maio de 1922, Joyce teve um problema severo na vista.

perdido a visão do meu olho completamente. Ele disse que eu não tive nenhum glaucoma agudo (para o qual uma cirurgia é necessária dentro de vinte e quatro horas) e o provou dizendo que nunca tive nenhuma tensão digna de menção desde que passei a me consultar com ele. Ele disse também que agi bem não me submetendo a uma cirurgia em Londres, que a minha vista tinha resistido maravilhosamente e que estou quase são!!! Ele acrescentou também que na sua opinião a operação naquela crise em Zurique[94] foi um erro (embora ela tenha sido bem realizada) já que a exsudação escorreu sobre a incisão e reduziu a visão do olho de maneira considerável e permanente. A questão é quase tão complicada quanto *Ulisses*.

Devo ter me expressado mal. Não quis dizer que eu poderia dar uma resposta à pergunta sobre os relativos méritos dos dois volumes. Como Homero está morto há cerca de 3.700 anos (ele ficou cego por causa de um glaucoma de acordo com um dos meus médicos o dr. Berman[95] já que a iridectomia não fora cogitada) nós temos de esperar até 5.623 d.C para responder a isso. Eu quis dizer que se sua leitura do primeiro poema[96] suscitou algumas questões de estrutura ou de interpretação ficarei realmente muito feliz em elucidar o ponto levantado antes que eu me esqueça dele.

Ontem eu escrevi duas páginas — as primeiras que escrevi desde o Sim final de Ulisses.[97] Tendo encontrado com certa dificuldade uma caneta eu as copiei com uma caligrafia grande numa folha dupla de papel almaço para que eu pudesse lê-las. Il lupo perde il pelo ma non il vizio, dizem os italianos. O lobo pode perder sua pele mas não seu vício ou o leopardo não pode mudar suas pintas.

Com os meus cumprimentos Atenciosamente

James Joyce

[94] Em agosto de 1917.

[95] Dr. Louis Berman (1893-1946), um conhecido endocrinologista de Nova York que examinou Joyce em Paris, em julho de 1922, por recomendação de Ezra Pound.

[96] Provavelmente a *Odisseia* homérica.

[97] Essas duas páginas foram inseridas, num formato ampliado, no final do capítulo 3 da Parte II de *Finnegans Wake* (pp. 380-2).

28 de março de 1923
26 Avenue Charles Floquet, Paris VII, França

Cara senhorita Weaver:

Estas poucas linhas para dizer-lhe que a conjuntivite acabou ontem. Sem nenhum efeito inconveniente. O dr. Borsch acha que é desnecessário prolongar o tratamento com dionina (que, apesar disso, ainda faz bem) e assim por diante na próxima terça-feira vou para o hospital.[98] ...

Estou muito cético quanto à eliminação da artrite pela remoção de dentes ou abcessos. Embora se der certo serei o primeiro a reconhecer isso. Tudo depende do sucesso da operação do dr. Borsch, parece-me e como ele considera esta outra indispensável então eu consinto.

Apesar do ataque no meu olho continuo outro episódio usando um lápis feito de carvão (*fusain*) que quebra a cada três minutos e uma grande folha de papel.[99] Já cobri várias folhas grandes com uma caligrafia que se assemelha àquela do falecido Napoleão Bonaparte quando irritado com reveses. Se minha mente confusa estiver clara o suficiente e se eu puder encontrar um estenógrafo tentarei enviar a você a "exegese" do episódio Cila e Caríbdes antes de ir para o hospital.[100]

Espero que você tenha recebido o *Sporting Times*.[101] Eu o anexei a uma cópia de um artigo teatral de Paris com medo de que o seu calor latente pudesse evaporar.

Acho que superei o último ataque (espero que seja o último ataque) muito bem embora tenha ficado assustado no início. Lembranças sinceramente seu

James Joyce

[98] Para fazer uma cirurgia odontológica.

[99] Em 11 de março de 1923, Joyce havia escrito à senhorita Weaver contando que trabalhava num novo livro, *Finnegans Wake*, que ainda não tinha esse título; os episódios de *Finn's Hotel* são dessa mesma época.

[100] Essa explicação talvez esteja entre os documentos de Harriet Shaw Weaver, mas ainda não foi divulgada.

[101] Um escritor com o pseudônimo de Aramis escreveu em 1 de abril de 1923 no *Sporting Times* (Londres), um jornal conhecido afetivamente como *The Pink 'Un*, que Joyce, embora um escritor de talento, em *Ulisses* "pôs de lado todas as decências elementares da vida" e caiu na "glorificação estúpida de meras obscenidades. ... Os conteúdos centrais do livro são suficientes para deixar um hotentote enojado".

5 de julho de 1923
[Bognor Regis][102]

[...][103] Sua extraordinária munificência para comigo e especialmente a maneira como ela me é concedida são, suponho, únicas na história da literatura. Sua nova doação a mim de uma soma tão grande[104] me deixa num estado de estupor. Mas isso é também parcialmente devido ao redemoinho na minha cabeça. Afora isso encontrarei evidentemente meu próprio caminho mas como a tarefa seria impossível sem a sua generosidade! Bem, irei avante com meus próprios passos inseguros, tropeçando e batendo em objetos inoportunos e espero chegar à próxima parada ainda com o aspecto de um ser humano.

[102] Joyce e a família passaram férias em Bognor Regis, Inglaterra, a partir de meados de junho. O escritor voltou a Paris em agosto.

[103] Parte de uma carta inédita que Richard Ellmann acrescentou à nova edição revista da biografia de Joyce, lançada em 1982. Esse fragmento não constava da edição original do livro, que é de 1959.

[104] Harriet Weaver doou ao escritor, nessa ocasião, surpreendendo o próprio Joyce, 12.000 libras. No total, Joyce já havia recebido de sua benfeitora, até então, 21.000 libras.

7 de março de 1924
Paris, França

Cara senhorita Weaver:

Terminei a parte da Anna Livia. Aqui está. Depois disso mal tenho energia suficiente para segurar a caneta e por consequência do trabalho, da preocupação, da má iluminação, das circunstâncias gerais e do resto. Umas poucas palavras de esclarecimento. É um diálogo tagarela por sobre o rio de duas lavadeiras que quando a noite cai se transformam numa árvore e numa pedra. O rio é chamado Anna Liffey. Algumas palavras no começo são um híbrido de dinamarquês-inglês. Dublin é uma cidade fundada pelos viquingues. O nome irlandês é Baile Átha Cliath (Ballyclee) = Town of Ford of Hurdle. Sua caixa de Pandora contém os males de que a carne é herdeira. O rio é completamente marrom, rico em salmão, muito tortuoso, raso. A divisão perto do final (sete represas) é a cidade em construção. Izzy será mais tarde Isolda (cf. Chapelizod).

Incluo um grupo selecionado pelo *New York Times*.[105]

Espero que você esteja bem e que o fragmento lhe agrade. Com os meus cumprimentos Atenciosamente

James Joyce

[105] Uma fotografia de Pound, John Quinn, Ford Madox Ford e Joyce.

15 de março de 1924
Victoria Palace Hotel, 6 rue Blaise Desgoffe, Montparnasse, Paris, França

Cara senhorita Weaver:

Espero que nenhum manuscrito[106] tenha sido perdido. São onze páginas. As primeiras palavras são "O me conta" as últimas "águas de. Noite!" Enviarei a você duas páginas que foram escritas de novo na totalidade para substituir. Mas elas não mudam o fragmento. Ele deveria ser lido em sequências sucessivas. Na segunda-feira tentarei começar Shaun o Carteiro.[107] Com isso a segunda parte do livro ficará finalmente completa com a carta. A primeira parte ainda não foi escrita.

Você não disse se gostou do fragmento?[108] Eu o li para o sr. Larbaud que ficou entusiasmado com ele. Acho que desabarei depois do fragmento de Shaun. Que luta tem sido. Com os meus cumprimentos e muitos agradecimentos Atenciosamente seu

James Joyce

[106] Um dos primeiros rascunhos de *Anna Livia Plurabelle* (*Finnegans Wake*).
[107] Esse fragmento corresponde ao Livro III (capítulo quatro).
[108] A atitude de Weaver com relação a *Finnegans Wake* foi inicialmente de cautela. Joyce estava ansioso pela sua aprovação.

24 de março de 1924
Victoria Palace Hôtel, 6 rue Blaise Desgoffe, Paris, França

Cara senhorita Weaver:

Espero que você tenha recebido o manuscrito do livro. Estou muito feliz que tenha gostado da Anna Livia. O sr. Larbaud está em êxtase com ele, foi o que me disse, e está se comunicando com o sr. Arnold Bennett. Os presentes de Pandora não são todos *maladies*. O mapa de Shaun: para isso veja qualquer selo do Estado Livre Irlandês. É uma curiosidade filatélica. Um selo territorial inclui o território de outro estado, Irlanda do Norte. Ao tomar notas usei sinais para os personagens principais. Vê-los poderá ser uma diversão então vou escrevê-los atrás desta. Tenho estado muito ocupado revisando repetidas vezes as provas dos quatro velhos, *Mamalujo*. Será publicado esta semana.[109] Eles agora tiraram uma lâmpada do meu quarto. A senhorita Beach esteve aqui. Mostrei para ela o quarto. Não há nada para dizer. Shaun vai me dar um trabalho danado.

ᗰ (Earwicker, HCE virando a letra)
Δ Anna Livia
⊏ Shem-Caim
Λ Shaun
Σ Cobra
P São Patrício
T Tristão
⊥ Isolda
X Mamalujo
□ Este significa o título mas só quero revelá-lo quando o livro tiver evoluído mais.

[109] Na *transatlantic review*, publicação mensal editada por Ford Madox Ford, que apareceu pela primeira vez em janeiro de 1924. Ford revelou que os financiadores da revista tinham exigido inicialmente que nenhuma obra de Joyce fosse publicada nela, mas depois tinham cedido quando ele se recusara a ser editor diante dessa condição.

27 de junho de 1924
Victoria Palace Hôtel, 6 rue Blaise Desgoffe, Paris, França

Cara senhorita Weaver:

Passaram-se dezessete dias desde a cirurgia que foi mais desagradável do que eu esperava seja pela pouca cocaína usada seja pelo meu estado nervoso — a última razão provavelmente. O olho ainda está coberto de ataduras mas consigo ler com o outro tão bem quanto possível. Estou com muita dúvida sobre o resultado. Até agora não há praticamente nenhuma melhora na visão e isso me deprime muito. Eu gostaria de ir embora mas o dr. Borsh continua a me assegurar que a visão vai voltar. A culpa não é dele. Até fico contente que ele tenha feito uma iridectomia pois é o único recurso seguro contra o glaucoma se eu tiver outro ataque de irite[110] — que talvez o destino não permita. Eles dizem que eu estou muito bem e uma pessoa amável me presenteou com um apetite. Mas duvido do poder da íris de absorver os depósitos no olho. O duro trabalho maçante e os contratempos em Trieste (raramente eu comia alguma coisa, lecionava até tarde toda noite e comprei uma muda de roupa em nove anos, mas o movimento literário irlandês finalmente se deu conta da minha existência) e também o trabalho de *Ulisses* devem ter arruinado a minha força. Fui envenenado de muitas maneiras. Menciono isso porque toda vez que sou obrigado a me deitar com os olhos fechados eu vejo um filme passando sem parar e isso me faz lembrar de coisas que eu havia quase esquecido.

A visão que tenho agora é suficiente para eu ir tocando a vida, mas não para fazer o tipo de trabalho que me sinto estimulado a fazer exceto com muito vagar e sofridamente e em condições muito favoráveis de luz e clima que Paris não oferece. (Anexo uma carta da agência de Nice. Enviei-lhes o contrato[111] de volta para a inserção de uma cláusula que me permita sublocar e aqui está a resposta. Se eu posso me expressar assim a senhora

[110] Inflamação irial.
[111] O contrato para alugar um apartamento para o inverno.

não parece ser uma "boa" sogra.) Ainda espero que o dr. Borsch esteja certo.

Há um grupo de pessoas que celebram aquilo que eles chamam de Bloom's day — 16 de junho.[112] Eles me enviaram hortênsias, brancas e azuis,[113] tingidas. Tenho de convencer a mim mesmo que escrevi esse livro. Eu era capaz de falar com inteligência sobre ele. Se por acaso agora tento explicar às pessoas o que supostamente estou escrevendo[114] eu vejo o assombro reduzi-las ao silêncio. Por exemplo Shaun, depois de uma palestra quaresmal extensa absurda e para lá de incestuosa para Izzy, sua irmã, despede-se dela "com uma meia olhadela de maroto irlandês sob o tufo das sobrancelhas paralelas dele". Essas são as palavras que o leitor verá mas não aquelas que ele ouvirá. Ele também alude a Shem como meu irmão "soamheis";[115] ele quer dizer siamês.

Este é um quarto melhor, pé direito alto e mais iluminado. Eu acho que a minha memória está ficando fraca então na clínica eu comecei a decorar a Dama do Lago[116] de sir Walter Scott, 1º. baronete. Em três dias eu decorei 500 linhas e posso repeti-las sem cometer erros. Nenhum dos meus filhos consegue fazer isso. Não é um sinal de inteligência (preciso continuar com a caneta da minha filha) mas é muito útil. Eu mesmo inventei todo um sistema — uma grande parte dele é bem pueril — graças ao qual evito que o meu cérebro se enfraqueça mas estou sendo forçado a renunciar a boa parte disso em razão do modo grotesco como vivo agora. Eu mostrei ao sr. Larbaud os sinais que eu estava usando nas minhas anotações ⊓ HCE Δ Anna Livia ⊏ Shem ∧ Shaun. Ele riu deles mas isso economiza tempo. Espero que vocês se encontrem. É um prazer conversar com ele. Ele sabe o que quer dizer, mais ou menos, diz e escreve o que tem que dizer.

Sim, o sr. Tuohy[117] é a pessoa de quem eu lhe falei. Fico feliz que você tenha gostado do retrato. Eu gosto das pregas do paletó

[112] É a primeira menção que se conhece à festa literária que se tornaria célebre depois, na Irlanda e em outros países: o Bloomsday.

[113] As cores da bandeira da Grécia.

[114] Trata-se de *Finnegans Wake*, que nessa ocasião ainda não ostentava esse título, pois ainda era conhecido apenas por *Work in Progress*.

[115] Essa palavra, cunhada por Joyce, é, como numerosas outras do livro, um verdadeiro enigma, permitindo múltiplas leituras e interpretações.

[116] Trata-se de *The Lady of the Lake*, um poema narrativo em seis cantos, publicado em 1810.

[117] Pintor irlandês Patrick Touhy, que em 1923 começou a pintar um retrato de Joyce (um ano antes, ele

e da gravata. Ele não lhe contou tudo sobre a posse do retrato porque ele está indo tratar de um pequeno assunto com uma pessoa em Dublin primeiro. Como você deve ter visto pelos olhos dele ele é muito malicioso — no bom sentido da palavra se ela tem um. Posso imaginar a cena e ela me diverte também mas eu não faria isso.

Tentei deixar esta carta alegre e não perderei a esperança.

pintara um retrato do pai do escritor, o "velho réprobo", engraçado e garboso, John Stanilaus Joyce), que só foi concluído na verdade em 1927. Quando Joyce estava pousando para o pintor, que contava 28 anos e falava com um irresistível sotaque de Dublin (Joyce conhecera o seu pai, que era um médico famoso de Dublin), este lhe sugeriu que escrevesse um *best-seller*, o que irritou muitíssimo o romancista.

27 de janeiro de 1925
8 Avenue Charles Floquet, Paris VII, França

Cara senhorita Weaver:

Deverei lhe enviar amanhã o manuscrito e a cópia datilografada das primeiras duas vigílias do sr. Shaun (o que li, levemente revisado) e no dia seguinte o manuscrito e a cópia datilografada do resto. Há uma interrupção perto do meio (indicado no manuscrito). Esperarei ansiosamente pela sua opinião sobre ele. Não sei como consigo fazer tanto com a operação e a convalescença e os feriados. Espero que me escreva sobre ele. A senhorita Beach lhe enviará um livro sobre conversas espirituais com Oscar Wilde[118] o qual lhe esclarecerá uma das páginas dele. Ele não gosta de *Ulisses*. A sra. Travers Smith, a "dama querida" do livro, é a filha do professor Dowden do Trinity College, Dublin.

Aqui está outro diálogo com Borsch de ontem.

Dr. B.: Como está nosso olho?
J. J.: *Semper idem.*
Dr. B. (sério): Não para mim. Ainda tenho duas semanas.
J. J.: Dez dias, doutor. Você ainda acha que vai triunfar.
Dr. B.: Claro que triunfarei.
J. J.: (aturdido, exausto, vencido, dominado, aniquilado) sorri francamente.
Dr. B.: Você verá muito bem.
J. J.: É um olho obstinado, não é, doutor?
Dr. B.: Nenhum colega vale alguma coisa se não é obstinado.
J. J. (aniquilado, quieto, subjugado) sorri francamente: E quando você acha que pode preceituar as lentes?
Dr. B.: Em três semanas ou após um mês.

Eu não sei o que ele quer dizer. Mas ele deve ser embaixador das duas Américas. Perguntei a ele então se a mulher de Bordeaux que

[118] Hester Travers Smith, *Psychic Messages from Oscar Wilde* (*Mensagens mediúnicas de Oscar Wilde*) (Londres, 1924). Comparar com *Finnegans Wake*, pp. 419, 421, 422.

foi operada quase ao mesmo tempo teria de volta sua visão. Ela é um caso ruim, ele disse, mas há uma pequena esperança para ela.

Devo lhe dizer algumas poucas coisas. O alfabeto irlandês (ailm, beith, coll, dair etc.) é todo composto de nomes de árvores. naċ (orah) é H. oyin O. Bruno Nolano (de Nola) outro grande italiano do sul foi citado no meu primeiro panfleto *O dia da plebe*. Sua filosofia é um tipo de dualismo — todo poder na natureza tem que desenvolver um oposto para efetuar-se e a oposição produz reconciliação etc. etc. Tristão na sua primeira visita à Irlanda virou ao avesso seu nome. A língua norueguesa-dinamarquesa não tem nem masculino nem feminino: os dois gêneros são comuns e neutros. O artigo segue o substantivo Mand*en*, por esta razão Land*en*. Man siger at jeg er blever Konservativ (eles dizem ainda sou um conservador, um Tory) é a primeira linha de um poema de Ibsen. As palavras que expressam pesadelos vêm do grego, do alemão, do irlandês, do japonês, do italiano (a pronúncia infantil da minha sobrinha) e do assírio (o grupo de estrelas chamado de "cão horrível"). Falo a última língua fluentemente e tenho vários volumes bonitos dela na cozinha estampados em compotas. A maioria das cidades costeiras na Irlanda (E) são dinamarquesas. Os velhos e pobres confrades estavam frequentemente lidando com restos de naufrágios. Na Dublin antiga houve uma cerimônia similar àquela do casamento do Doge com o mar Adriático.

Espero isso a ajude. Você provavelmente o descobriria se o trabalho estivesse publicado. É difícil acreditar em datilografia.

Espero que você esteja tendo bom tempo por aí depois das chuvas e do eclipse. Poderia por gentileza apresentar meus cumprimentos à senhorita Marsden? Espero poder em breve ver o livro dela já que me disseram que ela fez algumas pesquisas aqui em Paris.

Exilados será apresentada — eles afirmam — aproximadamente em 15 de fevereiro.[119] A luz elétrica está acabando, estou com medo. Vou terminar esta carta. A luz diminui, diminui e então aumenta, aumenta. Com os meus cumprimentos Atenciosamente seu

James Joyce

[119] The Neighborhood Playhouse produziu em Nova York a peça *Exilados*, em 19 de fevereiro de 1925; a temporada se estendeu até o dia 22 de março, num total de 41 apresentações.

29 de agosto de 1926
Hotel de L'Océan, Digue de Mer, Osntende, Bélgica

Cara senhorita Weaver:

Estas rápidas linhas são para desejar que a data do seu aniversário se repita por muitos anos. Espero que elas a alcancem a tempo pois me parece que o correio daqui é muito vagaroso — 2 dias de Paris, uma viagem de 5 horas. Lamento saber que a sua irmã passou por maus bocados na tempestade[120] — uma experiência terrível para uma pessoa imobilizada! A única coisa boa é que às vezes um choque como esse faz bem e de qualquer forma uma aflição dessas raramente volta a se repetir.

Estou de repente sobrecarregado de trabalho. Semana passada chegou a cópia completa de *Ulisses* em alemão e ainda por cima veio o tradutor alemão[121] para revisá-la comigo. Trabalhamos juntos praticamente o dia todo, palavra por palavra. Eles querem publicá-lo em outubro!!!

Lamento muito que a senhorita Marsden esteja tendo problemas e é claro não me preocupo com o disco[122] em tais circunstâncias. Apesar disso estava feliz em receber suas observações sobre a minha voz e gostaria de mais sobre a minha ênfase não retórica quando você se sentir disposta a isso.

Espero que o editor alemão não queira acelerar a tradução — e a mim.

Com meus melhores votos e atenciosas saudações Sinceramente seu

James Joyce

[120] A chaminé da casa da irmã de Weaver foi atingida por um raio.

[121] Georg Goyert, que residia em Munique. A primeira edição alemã de *Ulisses* foi publicada em outubro de 1927, e a segunda, em 1930, pela Rhein-Verlag, então com sede em Basel e, depois, em Zurique.

[122] Joyce havia pedido a Weaver que prestasse atenção nos pontos com sotaque irlandês numa gravação da fala de Taylor no episódio Éolo do *Ulisses*. Ele desejava que ela observasse particularmente as consoantes.

15 de novembro de 1926

bring us back to
Howth Castle & Environ.[123] Sir Tristram, violer d'amores, had passencore rearrived on the scraggy isthmus from North Armorica to wielderfight his penisolate war; nor had stream rocks by the Oconee exaggerated themselse to Laurens County, Ga, doublin all the time; nor avoice from afire bellowsed mishe to tauftauf thuartpeatrick; not yet, though all's fair in vanessy, were sosie sesthers wroth with twone jonathan. Rot a peck of pa's malt had Shem or Shen brewed by arelight and rory end to the regginbrow was to be seen ringsome on the waterface.[124]

James Joyce

Paris. 15/xi1969

Cara Madame:

Acima verifique por favor fragmentodeprosa mandado na forma de amostra. Também a chave da mesma. Esperando que a referida amostra tenha a sua aprovação

At.te seu

Jeems Joker

[123] H(owth) C(astle) & E(nvirons), o protagonista do romance.

[124] Uma das primeiras versões da abertura de *Finnegans Wake*. Na versão definitiva, Joyce fez alguns poucos acréscimos. A tradução que oferecemos abaixo é de Dirce Waltrick do Amarante:

traga-nos de volta para
Howth Castle Earredores. Sir Tristram, violeiro de allmores, indanon revoltou do áspero istmo da Amórica do Norte para vollar para sua peninsolada guerra; nem teve correnteza agitada pelo Oconee exagerada elemesma por Laurens County, Ga, duplinense todo tempo; nem ivitou a incendiada vociferada mishórdia mishórdia para batême batême teestpeatrick; também não, pensamento todos em van e essa, foi sósia da irmã irada jonathan. Podridão um monte de malte Shem ou Shen fizeram com aluz e orvalho acaba no arco-íris estava sendo visto cerca da catarata.

Howth (pronuncia-se Hoaeth) = Dinamarquês Hoved (cabeça)
Sir Amory Tristram primeiro conde de Howth mudou seu nome para Saint Lawrence (São Lourenço), nascido na Bretanha (Armórica do Norte)
Tristan et Iseult, passim
viola em todas os humores e sentidos
Dublin, condado de Laurens, Geórgia, fundada por um dublinense,[125] Peter Sawyer, junto ao rio Oconee. Seu mote: *Doubling* (duplicando) o tempo todo.[126]
A chama do cristianismo acesa por S. Patrick (São Patrício) no Sábado de Aleluia em desafio com as ordens reais
Mishe — Eu sou (irlandês) i.e cristão
Tauf = batismo (alemão)
Tu és Pedro e sobre esta pedra etc. (um trocadilho no original aramaico)
Latim: Tu es Petrus et super hanc petram
Parnell tirou Isaac Butt da liderança
O provedor de carne de veado Jacó recebeu a bênção destinada a Esaú
Senhorita Vanhomrigh e senhorita Johnson tinham o mesmo nome cristão
Sósia ou gêmeo idêntico = duplo
Willy fez vários litros de cerveja (maut[127])
Noé plantou a vinha e ficou bêbado
John Jameson é o maior fabricante de bebidas destiladas de Dublin
Arthur Guinness " " " cervejeiro " "
Arthur Wellesley (de Dublin) lutou na Guerra Peninsular.
rory = irlandês = vermelho
rory = latim, roridus = orvalhado, úmido
no fim do arco-íris há orvalho e a cor vermelha: fim sangrento para a mentira em anglo-irlandês = não é mentira
regginbrow = alemão regenbogen + arco-íris
ringsome = alemão ringsum, em volta, ao redor
Quando toda vegetação está alagada não há sobrancelhas na face do Mundo Aquático
exaggerare = amontoar terra
themselse = mais outros 5.000 habitantes em Dublin

[125] A outra Dublin, fundada na Geórgia, EUA.
[126] Ter filhos era o signo do sucesso: duplicando Dublin...
[127] Variante de *malt*: malte, cerveja etc.

Istmo de Sutton um pescoço de terra entre Howth Head[128] e a planície
Howth = uma ilha para os antigos geógrafos
passencore = pas encore e *ricorsi storici* de Vico
rearrived = idem
wielderfight = wiederfechten = luta de novo
bellowsed = a resposta da turfa em chamas da fé para as palavras ventosas (empoladas) do apóstolo

[128] Península de Howth Head, na baía de Dublin.

24 de novembro de 1926
2 Square Robiac, 192 rue de Grenelle, Paris, França

Cara senhorita Weaver:

A frase sobre a face do Mundo Aquático é mesmo minha.[129] Por favor corrija "Sir Tristram, violer d'amores, fr'over the short sea, had passencore rearrived fra North Armorica on the scraggy isthus of Europa Minor"[130] etc. Enviei ∧ abcd[131] para E.P.[132] a pedido dele e ele me escreveu rejeitando-o completamente, não pode fazer nada com isso, gastando tanto tempo lendo-o por [amor a] uma possível piada etc.[133] Eu enviei a você os papéis sobre o caso Roth.[134] Tenho estado sobrecarregado de trabalho e muito angustiado essas últimas semanas e ontem fui para o sofá novamente. Hoje eu recomeço. Uma grande parte de cada existência humana se passa num estado que não pode ser explicado de modo sensato pela utilização de linguagem alerta, gramática rotineira e trama linear. Eu acho que você vai gostar dessa parte mais do que da amostra. Com meus cordiais cumprimentos Atenciosamente

James Joyce

[129] Cf. carta anterior.
[130] "Sir Tristram, violeiro de allmores, pr'cima do pequeno oceano, indanon revoltou da Amórica do Norte do áspero istmo da Europa Menor". (Tradução de Dirce Waltrick do Amarante.)
[131] O símbolo que representa Shaun às vezes aparece nas cartas acompanhado de letras do alfabeto latino, o que poderia servir para identificar, à falta de explicação melhor, os diferentes fragmentos das vigílias (ou capítulos) em que atua esse personagem.
[132] Ezra Pound.
[133] Consta da carta de Pound: "Doubtless there are patient souls, who will wade through anything for the sake of the possible joke..." (Sem dúvida há almas pacientes que dispenderão muito tempo lendo qualquer coisa por amor à possível piada.)
[134] Joyce ficou sabendo que *Ulisses* estava sendo pirateado nos Estados Unidos por Samuel Roth, que publicou numa revista toda a "Telemaquia" numa forma levemente expurgada.

29 de novembro de 1926
2 Square Robiac, 192 rue de Grenelle, Paris, França

Madame hoje cabei o esforço N°2 em fina escrita à mão de um despedaço de prosa seo jeitoso Oh/ pra mim pro qual agora darei 1 paletó de refinamento francês pra que o próprio se torne de categoria como solicitado

é um fino despedaço e me p'rece que o próprio vai ser avaliado bem adequadro pra tua sob medida em apreço

sou, Madame saldações do seu[135] ⊏ (sua marca)[136]

[135] Madam i ave today finished the draft N° 2 in nice MS of peece of prose y^r respected O / to me which i will now give 1 coat of french polish to same which will turn out A 1 as desired / it is a very nice peece and i ope same will be found most sootable to your bespokes in question / i am, Madam trly y^rs / ⊏ (his mark)

[136] O símbolo de Shem, i.e., James.

1 de fevereiro de 1927
2 Square Robiac, 192 rue de Grenelle, Paris, França

Cara Senhorita Weaver:

Espero que sua nevralgia tenha desaparecido completamente, para nunca voltar. Sua carta me deu uma boa fisgadinha no cérebro. Concluo que você não gostou do fragmento que fiz? Tenho pensando muito nisso. Está tudo bem eu acho — o melhor que pude fazer. Farei outro de bom grado mas deve ser para a segunda parte ou a quarta e não antes da segunda semana de março ou por aí, pois os editores de *transition* gostaram tanto do fragmento que me pediram para desenvolvê-lo e eu concordei em terminar a parte entre o final de *Contact* e *Criterion* para o segundo número. A Parte I já terá sido publicada então. Você não gosta de nada do que estou escrevendo. Ou o final da Parte I Δ é qualquer coisa ou então sou um imbecil na minha avaliação da língua. Estou muito desencorajado com isso já que num empreendimento tão vasto e difícil eu preciso de encorajamento.

É possível que Pound esteja certo mas não posso voltar atrás. Eu nunca escutei suas objeções ao Ulisses à medida que este era enviado a ele pois eu havia tomado minha decisão então as ignorei tão discretamente quanto possível. Ele entendeu certos aspectos do livro imediatamente e isso foi mais do que satisfatório então. Ele fez descobertas brilhantes e cometeu erros clamorosos. Ele me induziu em erro inutilmente quanto à fonte da primeira boa ação[137] em Zurique e desde então deixei de confiar na sua perspicácia. Um minuto depois de o conhecer em Desenzano enquanto percorríamos a região à noite ele me perguntou "Era então o John Quinn?"! Meu mais elevado grito de tenor indagando "Quem?" deve ter sido ouvido em Milão.

[137] A doação anônima de Weaver.

O protesto[138] aparece amanhã.[139] Ele já foi passado por cabograma para 900 jornais nos Estados Unidos. Sinto-me honrado com muitas das assinaturas e humilhado com outras, aquelas de Gentile, Einstein e Croce especialmente. É curioso no que diz respeito a eles também por causa de Vico. Penso que talvez Pound queira permanecer nesse pequeno círculo de sombra reservado àqueles cujas assinaturas são "supererrogatórias" e escreverei para ele assim.[140] Há lugares reservados e agora vamos nos sentar em paz e esperar que a banda comece

For he's a jolly queer fellow
And I'm a jolly queer fellow
And Roth's bad German for yellow
Which nobody can deny.[141]

Com os meus cumprimentos Atenciosamente

James Joyce

[138] Joyce se refere ao Protesto Internacional contra a edição não autorizada e mutilada de *Ulisses* publicada por Samuel Roth nos EUA. Assinaram o documento, entre outros escritores, Eliot, Gide, Hemingway, Pirandello, Unamuno, Valéry e Yeats. Bernard Shaw se recusou a assinar.

[139] Dia do aniversário de Joyce.

[140] Ezra Pound discordou do teor do documento: "Considero isso um tiro errado que omite a parte essencial [o povo norte-americano que sanciona o estado das leis] e ataca a irrelevância", opinou em carta a Joyce. Insistia Pound que Joyce denunciasse tudo o que era americano, usando Roth como pretexto. O protesto não teve efeito imediato sobre Roth, que continuou a imprimir *Ulisses* como antes. Foi somente em 27 de dezembro que Roth finalmente foi proibido por um juiz da Suprema Corte do Estado de Nova York a usar o nome de Joyce na sua revista.

[141] "Pois ele é um alegre e estranho camarada / E eu sou um alegre e estranho camarada / O Roth é mau alemão para marmelada / O que ninguém pode negar." A rima, neste caso (fellow/yellow), parece ser a solução.

16 de abril de 1927
Paris [cartão postal]

Cara senhorita Weaver:

Eu lhe desejo uma ótima Páscoa aí no norte. Terminei minha revisão e passei 24 horas mais prostrado do que os padres na Sexta-feira Santa. Eu acredito que fiz o que queria fazer. Estou feliz que você tenha gostado da minha pontualidade como um maquinista. Eu menciono isso porque sou realmente um dos maiores maquinistas, se não o maior, do mundo além de compositor, filosofastro e um monte de outras coisas. Todas as máquinas que conheço estão erradas. Simplicidade. Estou fazendo uma máquina com uma roda só. Sem raios é óbvio. A roda é um quadrado perfeito. Você compreende o que eu estou insinuando, não é? Encaro isso com a devida solenidade, note bem, assim você não deve pensar que é uma história tola sobre rapomposa e uvas.[142] Não, é uma roda, eu digo ao mundo. *E* é totalmente *quadrada*. Com os meus cumprimentos Atenciosamente

James Joyce

[142] *Mooks and grapes*: uma fábula de *Finnegans Wake*.

28 de outubro de 1927
2 Square Robiac, Paris

Cara senhorita Weaver:

Eu havia previsto. Realmente não consegui terminar Δ[143] antes das 6 de ontem à tarde. Só a revisão final me tomou cinco horas. Não sei o que pensar. Centenas de nomes de rio estão entrelaçados no texto. Parece-me que ele se move. Espero que goste e me escreva sobre ele pois estou consideravelmente alarmado.

Tenho um estoque de novidades mas aguardarei um ou dois dias até que a melopeia tenha desaparecido da minha cabeça aturdida.

[143] O capítulo VIII de *Finnegans Wake*, conhecido como "Anna Livia Plurabelle".

28 de março de 1928
Grand Hôtel de la Poste, Rouen [Cartão postal]

Cara senhorita Weaver:

Está muito escuro neste salão para escrever. Deixamos Dieppe na noite passada pois nem minha mulher nem eu temos nos sentido bem. Eu me exauri com Λa.[144] Fico contente que tenha gostado da fábula.[145] Chatto e Windus lançaram um prospecto segundo o qual a senhorita Beach anunciou que uma nova obra colossal de Lewis está no prelo.[146] O texto diz "a única obra que pode sob qualquer aspecto medir-se com ela é ________________". Você pode preencher o espaço em branco.

Acho que consegui fazer com que Pound testemunhe no processo de Roth.[147] O advogado de Roth evocou o nome dele com frequência e uma recusa da parte de E P [Ezra Pound] seria vista como uma admissão tácita de que Roth tem razão. Acrescento uma carta de V. L.[148] (a qual peço que envie de volta para o meu endereço em Paris) e terei que consertar isso também quando a receber de volta. Creio que tenho também que abafar um recente mal-entendido entre Antheil[149] e a senhorita Monnier: A última[150] teve algum tipo de oferta da ópera de Colônia para apresentar Ciclope em outubro caso eu fosse até lá e participasse de uma recepção. Odeio essas coisas mas concordo em ir lá pois ele está em má situação e com a saúde abalada. Cá entre nós como diz o V L [Valery Larbaud] eu não acredito que ele tenha escrito 20 compassos da peça nos últimos quatro ou cinco anos mas eu finjo acreditar que ela está avançando esplendidamente. O resto

[144] Shaun.
[145] "The Ondt and the Gracehoper", incluída no *Finnegans Wake.*
[146] Wyndham Lewis, *The Childermass* (Londres 1928).
[147] Samuerl Roth, o editor norte-americano que havia publicado a "Telemaquia" numa forma levemente expurgada, sem pagar os direitos ao escritor.
[148] Valery Larbaud.
[149] George Antheil (1900-59), compositor americano. Estabeleceu-se em Paris em 1923. Algumas de suas obras desse período foram encomendadas por Pound, que chegou a tocar a parte da bateria na segunda sonata para violino que ele então apresentou na capital francesa.
[150] Um erro de Joyce: o correto seria "o primeiro".

agora compete a ele. O Abbey Theatre o incumbiu de fazer um balé sobre Cuchulain lutando com as ondas.[151]

Estou lendo sobre o autor de "Alice"[152]. Algumas coisas sobre ele são muito curiosas. Ele nasceu a algumas milhas de Warrington (Daresbury),[153] e sofria de forte gagueira[154] e quando ele escreveu ele alterou seu nome como Tristão e Swift. Seu nome era Charles Lutwidge do qual ele fez Lewis (i.e. Ludwig) Carroll (i.e. Carolus).

Sim eu gostaria de ver alguns exemplares desse jornal[155]. O dr. Ellwood é o original de Temple no Retrato. Ele continua bastante exato, a meu ver.

Voltaremos para Paris em um ou dois dias. Espero que o ar marinho nos tenha feito algum bem. É loucura trabalhar de um fôlego até o último momento por 15 meses como eu fiz em Paris. Perdi 6 quilos. Mas espero ter determinação o suficiente para pará-lo e desfrutar um bom período de férias. Há momentos em que me sinto com 20 mas tem também horas em que me sinto com 965. Com cordiais saudações Atenciosamente seu

James Joyce

[151] Para a peça de Yeats, *Fighting the waves* [Lutando com as ondas].

[152] Lewis Carroll e *Alice no país das maravilhas* aparecem frequentemente em *Finnegans Wake*, ele como um velho luxurioso e ela como uma variante de Isabel, a filha de Earwicker, ou HCEarwicker.

[153] Weaver nasceu em Warrington.

[154] Em *Finnegans Wake*, HCEarwicker, seu protagonista, também é gago.

[155] Não se sabe a qual jornal se referia Joyce nessa passagem.

26 de abril de 1929
Paris, França

Cara senhorita Weaver:

Giorgio[156] estreou na noite passada (v. programa).[157] Ele não sentiu nenhum medo do palco e até chegou a olhar mal-humorado para o pianista quando este (de propósito, ele afirma) errou. Ele cantou muito bem. Eu estou trabalhando à noite, ao meio-dia e pela manhã. C. K. Ogden está fazendo o prefácio.[158] G.S[159] [sic] enviou uma parte do seu trabalho sobre *Ulisses* para a *Fortnightly* a qual quis vê-lo quando ele, por sugestão minha, escreveu para W. L. Courtney (morto em novembro de 28). E. P. janta conosco esta noite. Daqui a pouco. Você provavelmente não reconhecerá minhas fábulas agora. Picasso estava muito ocupado para fazer meu retrato então Brancusi o fez.[160] Fiquei acordado praticamente a noite passada toda tentando resolver um problema de matemática elementar — tudo isso por causa de uma ou duas palavras. Com meus cumprimentos Atenciosamente

James Joyce

[156] Filho do escritor.

[157] Ele cantou duas canções de Handel num concerto do Studio Scientifique de la Voix do professor George Cunelli.

[158] Para um fragmento de *Finnegans Wake* que iria ser publicado.

[159] Stuart Gilbert, cujo artigo foi aceito para publicação. Ele lançaria em 1930 o livro *James Joyce's Ulysses: A Study*.

[160] Pablo Picasso não aceitou o convite de Crosby para desenhar Joyce, alegando que nunca havia feito retratos sob encomenda. Brancusi então aceitou a incumbência e fez um desenho que todos consideraram muito convencional; depois, porém, esse artista romeno, radicado em Paris e considerado o maior escultor moderno, desenhou o "símbolo de Joyce", que se tornaria célebre: um "labirinto circular" estilizado (a mente do artista irlandês) acompanhado de três traços verticais soltos. Cf. a próxima carta.

27 de maio de 1929
192 rue de Grenelle, Paris, França

Cara senhorita Weaver:

O [161] sai hoje. Até o último dia tive de supervisionar e verificar as referências etc. feitas pelos 12 contudo ao abri-lo esta manhã encontrei por acaso a palavra 'whoresom/bastardo' classificada por Jolas entre os neologismos cunhados por W. S. [William Shakespeare] em *Cimbelino*! Dei o título "Contos contados por Shem e Shaun" ao livro dos Crosbye[162]. J. N. W. Sullivan tendo se recusado a escrever o prefácio eu sugeri a eles C. K. Ogden (autor em parte de O Significado do Significado) que fez uma introdução muito útil. Picasso estava muito ocupado pintando alguém assim o alvo seguinte foi Brancusi. Primeiro ele representou aproximadamente a minha cabeça da qual os C [o casal Crosby] não gostaram muito então ele continuou e fez alguma coisa assim[163]

O *por favor* vire!

É claro que não é todo oblíquo como esse mas essas são as linhas e está assinado e chamado de Símbolo de J. J. O livro sai no

[161] Símbolo de *Our Exagmination round his Factificaction for Incamination of Work in Progress* (Paris: Shakespeare e Cia, 1929), a primeira "defesa" crítica de *Finnegans Wake*. O livro foi escrito por doze colaboradores, o mesmo número de apóstolos de Cristo: Samuel Beckett, Marcel Brion, Frank Budgen, Stuart Gilbert, Eugene Jolas, Victor Llona, Robert McAlmon, Thomas McGreevy, Elliot Paul, John Rodker, Robert Sage e William Carlos Williams.

[162] Harry Crosby (1898-1929) e Caresse Crosby (1892-1970), fundadores da Black Sun Press, publicaram um fragmento de *Finnegans Wake*.

[163] O desenho é uma cópia da versão feita por Joyce.

sábado. Eu considero o prefácio um ganho imenso. Me dou bem com Brancusi (que tem algo de antiquado como eu próprio) deplorando as maneiras do feminismo moderno, a velocidade dos trens modernos etc. etc. O desenho que ele fez de mim atrairá certo número de compradores. Mas espero que ele ou Antheil, digamos, possam ser ou sejam tão explícitos quanto eu tento ser quando as pessoas me perguntam: E que que é isso, meu senhor?

Induzi S. G a escrever para Courtney, editor de *Fortnightly*, para lembrá-lo do meu primeiro passo na literatura e propondo um capítulo (Hades) para a revista. Courtney morreu no último novembro mas o editor interino aceitou a ideia e pegou o artigo de S. G. para publicar em julho. Essa é também uma brecha e tanto aberta pela arma de longo alcance [borrão] de que você às vezes ouve falar.

Aldington veio me ver. Des Imagistes[164] a coleção de poemas publicados há pelo menos 1.500 anos está para sair num novo formato, i.e, com contribuições de hoje de três colaboradores mais ou menos desconhecidos. Eu, não tendo nenhum verso e não querendo parecer pouco receptivo propus entregar-lhe a página de Kevin da Pt II. Procurei-a por todos os cantos, mas não a encontrei. Assim será que você poderia me fazer uma cópia quando tiver tempo para isso.

Não há nada meu no n. atual de "transition" eu pedi que Jolas traduzisse para ela [a revista] o artigo de Curtius[165] e apresentei o do Beckett[166] e a parte do glossário do trabalho de S. G.[167]

Com os meus cumprimentos

(continuará amanhã)

Não deixe de ler o n. especial de verão amanhã contendo o relato do pinique de A M, do jantar de E P e de centenas de outros destaques de peso.

Wenn es ist fuchtbar heiss
Lesen die Jeiss![168]

Atenciosamente

James Joyce

[164] A antologia *Des Imagistes*, organizada por Pound, foi publicada em 1914, e trazia colaborações do próprio organizador, de Joyce, de Richard Aldington, de Amy Lowell, de William Carlos Williams, entre outros.

[165] Ernst Robert Curtius, "Technik und Thematik von James Joyce", *transition* 16-17 (jun. 1929), pp. 310-25.

[166] "Dante... Bruno. Vico... Joyce."

[167] "Thesaurus Minusculus: A Short Commentary on a Paragraph of Work in Progress."

[168] Quando está terrivelmente quente/ Leia Jeiss!

28 de maio de 1929
192 rue de Grenelle, Paris, França

Continuação

A desqualificação de Lucia para o prêmio de dança foi recebida com forte protesto por quase metade da audiência (*não* nossos amigos) que gritou repetidamente "Nous réclamons l'irlandaise! Un peu de justice, messieurs!".[169] Ela teve a melhor crítica, julgo eu. Outro elo parisiense interrompido, Madame Puard, minha antiga enfermeira da clínica, foi para um sanatório. Quanto a mim mesmo, terminei os 28 dias de tratamento com iodo mas ainda não voltei para o Dr. Hartmann. Tenho tido coisas demais para fazer, ficando acordado até às 1:30 fuçando à toa em velhos livros de Euclides e álgebra. Acertei com Faktorovitch (que me ajuda nesses assuntos) uma resenha do livro do Crosby sob a condição de que não escreva mera bajulação. Ele é um russo (um bolchevique também e possivelmente um semioficial bolchevique) mas eu não ligo pois nunca falamos de política e ele é muito prestativo mas sobretudo representa uma classe dos meus leitores que deveria ter sua vez de falar, i. e., os admiradores nascidos no estrangeiro. Para suceder **O** estou planejando **X** que será um livro com apenas 4 *longos* ensaios de 4 colaboradores (até agora encontrei apenas um — Crosbye — que tem uma extraordinária edição ilustrada do *Book of Dead* [Livro dos Mortos], que herdou do tio) — os temas serão o modo de tratar a noite (cf. *B de D* e São João da Cruz *A Noite Escura da Alma*), a mecânica e a química, o humor, só não estipulei ainda o quarto tema. Isso para 1930, quando também soltarei, espero, outro fragmento, desta vez sobre ⊓ com outro prefácio, Δ e Λꟷ [170] nesse meio tempo já estarão em circulação. Também consegui acertar a tradução do artigo do Beckett para uma revista italiana e tentarei fazer o mesmo com o artigo do Budgen para uma revista dinamarquesa ou sueca. Também propus a um jovem artista irlandês que

[169] "Nos queremos a irlandesa! Um pouco de justiça, senhores".
[170] Shem e Shaun.

ele fizesse uma ilustração para o funeral do velho lacrainha[171] (Tempo, Saturno) que, como você verá, introduzi no *Ondt and Gracehoper* [Ormiga e Graçanhoto]. E isso, parece-me, encerra as minhas atividades no momento. Não me censure por toda essa maquinação. Conto com pouco ou nenhum apoio e tenho que defender uma causa difícil, se é certa ou errada não sei mais nem ligo a mínima...

No que diz respeito ao jantar com E. P. e E. H.[172] eles tiveram na metade do caminho um ótimo e amigável encontro com G. A.[173] a quem H imputa doença simulada, exploração de subscrição, quase extorsão e por aí vai, P retruca que H é conhecido por sua mendacidade. A descrição de ambos parece se ajustar muito bem ao que eu mesmo descobri do outro sujeito. P então quer que eu enquanto "líder da prosa europeia" (!) escreva uma "carta aberta", Roth seria o pretexto, denunciando tudo que é americano e propondo terrível represália aos embaixadores, cônsules etc. do país. H disse que isso era fantasia pois não poria fim aos meus prejuízos mesmo com milhares de americanos que tinham me apoiado e ainda me apoiam. É claro que enquanto eu discutia os prós e os contras com P em momento algum tive a menor intenção de acatar sua sugestão. A propósito ele está em Londres. Ele visitou você? Ele não foi à rue de l'Odéon.

A. M.[174] quer fazer um piquenique no campo para celebrar o Bloomsday e o *Ulisses* francês.[175] Dois char-à-bancs cheios de gente! Estou com medo da onda de calor e dos temporais e apreciaria muito mais um copo de leite e uma rosquinha doce como a secretária particular que em todos os sentidos me parece a cada dia uma Imitação de Cristo cada vez melhor. Às vezes Pound diz as coisas mais insultuosamente divertidas. Espalhando suas pernas compridas pela sala de visitas ele virou uma pequena imagem sagrada que o McGreevey (Deus sabe por quê!) me deu de Natal de modo que um fio ficou enroscado no pescoço de São José, E. P. então exclama "Nossa! Não sabia que *aquele* sujeito tinha sido enforcado também!".

[171] Referência ao personagem Hmphey Chimpden Earwicker.
[172] Ezra Pound e Ernest Hemingway.
[173] George Antheil.
[174] Adrienne Monnier, editora, escritora e proprietária de livraria.
[175] A tradução francesa do romance foi feita por August Morel, que contou com a assistência de Stuart Gilbert. A revisão final da tradução foi feita por Valery Larbaud, com a colaboração do próprio Joyce; ela foi lançada em 1929.

Aqui terminarei por hoje pois o editor da *Revue de France* quer me ver na sala ao lado a propósito de um artigo.

Espero que você não tenha passado por Guildford durante a última tempestade feia de que li a respeito.

Com os meus cumprimentos Sinceramente seu

James Joyce

16 de julho de 1929
Imperial Hotel, Torquay, Reino Unido

Cara senhorita Weaver:

Todos parecem encantados com este lugar — especialmente minha mulher — mas os hotéis são muito caprichosos, nenhum quarto de solteiro nos menores e os preços especialmente para agosto bem mais altos do que na França. Eu consegui que eles fizessem um abatimento aqui para uma estada de um mês e reservei um quarto para você pela mesma tarifa de 7 a 14 de agosto. Espero que esteja tudo certo. Se você ainda não escreveu para M. S. & Co. eu penso que a quantia teria de ser aumentada em £30 de 120 para 150£. Espero que isso não cause atraso se eles tiverem começado.

Eu vi J. D., J. S e T. S. E.[176] O primeiro está providenciando para que eu seja examinado por algum famoso médico dos olhos quando eu voltar a Londres. J. S. está vindo para cá no sábado para um final de semana para falar sobre o meu livro. Ele está indo para a América daqui a duas semanas. Ele falou sobre dar palestras. Ele pareceu ter ficado bastante impressionado e comovido com minha proposta de entregar a ele a obra caso eu considerasse que minha visão ou a hostilidade exigiriam isso de mim e ele disse que eu podia confiar em que ele me ajudaria em qualquer coisa.[177] Mas ele diz que eu a escreverei, e acrescentou que A. L. P é "a melhor prosa já escrita por um homem"! J. D. me disse no jantar que ele achou que as últimas páginas são uma das melhores coisas da literatura inglesa. Eu achei que seria melhor que minha proposta a J. S. fosse feita agora de modo que se eu for forçado a isso no fim talvez possa parecer menos abrupto e mais espontâneo.

[176] John Drinkwater, James Stephens e T. S. Eliot.

[177] Joyce propôs a James Stephens, romancista e poeta irlandês que tinha o seu nome, que este continuasse a escrever *Finnegans Wake*, caso ele mesmo não pudesse mais fazê-lo. Joyce acreditou erroneamente que ele e Stephens haviam nascido na mesma data (2 de fevereiro de 1882), e essa coincidência impressionou o autor de *Finnegans Wake*. Não bastasse isso, Joyce certa vez escreveu para o irmão que Stephens era "meu rival, o último gênio irlandês".

T. S. E. muito cordial. Ele quer que a firma[178] dele publique o livro de S. G. e lance uma edição inglesa em formato brochura de 2 xelins de A. L. P.

Por favor veja T. L. S, *Spectator*, *New Stateman* e *Catholic News*.

Com os meus cumprimentos Atenciosamente

James Joyce

[178] Faber and Faber.

17 de dezembro de 1931
2 Avenue S. Philibert, Passy, Paris, França

Cara senhorita Weaver:

Meus advogados americanos pedindo novamente um pagamento de outros 2.000 $ eu enviei a Conner a carta em anexo a qual por favor reenvie a mim. A senhorita Beach se opôs a que eu a enviasse por conta de uma "incorreção" nela a qual apareceria se C. pedisse para ver meu contrato com ela. A "incorreção" estava na frase afirmando que quando ajuizei a ação eu aparentemente não era o proprietário dos direitos nos EUA. Ela diz que eu era. Respondi que o contrato deve ter sido simplesmente um registro por escrito da intenção preexistente dela [of her pre-existent intention]. Ela reafirmou que eu era o proprietário então etc. Apesar disso eu enviei a carta.

Soupault,[179] que vai retornar aos EUA em um mês propôs colocar o cônsul-geral francês de NY nas pegadas da nova edição de Roth, sendo ela uma *contrefaçon* da produção de um editor francês exatamente como um perfume francês falsificado o seria e foi combinado um encontro entre ele, a senhorita Monnier e a senhorita Beach, Léon e eu próprio. Mas a senhorita Monnier então me pediu que eu fosse vê-la sozinho. Ela leu para mim uma carta que escreveu para Paul Claudel, o embaixador, que é um católico lunático, segundo ela, e que ficou muitíssimo irritado com o *U* (ele devolveu um exemplar da primeira edição oferecido pelo autor) mas perdeu tanto prestígio como poeta entre a geração mais nova que ela acredita, com a ajuda do artigo do Gillet que ela também enviou, que ele irá agarrar esta oportunidade para se reabilitar. Eu duvido muito que ela esteja certa. Não é um trabalho para embaixador embora um cônsul pudesse fazer uma apreensão dos exemplares. Possivelmente Claudel é um convertido como Maritain e se o for sua mentalidade protestante

[179] Philippe Soupault, escritor francês ligado ao dadaísmo e ao surrealismo.

bem que iria se acomodar lá a um elemento católico irlandês que é de uma raça ainda pior.

Ela também me contou que a NRF[180] encolerizada com sua recusa em lhes ceder *U* decidiu prestigiar *O Amante de Lady Chatterli* [sic][181] de Lawrence, o qual será publicado em francês. Eu também recebi uma carta de um homem da Inglaterra que quase terminou um longo estudo e uma exegese dessa obra e obteve opiniões sobre ela de G. B. S., A. H., O. S., M. M. e E. T. C. e quer uma opinião minha. Isso tudo é para ser impresso na frente desse estudo e exegese dessa obra. No meio do meu próprio trabalho eu tive que dar ouvidos a isso. Li as 2 primeiras páginas no costumeiro inglês relaxado e G. S.[182] leu para mim uma breve passagem lírica sobre nudismo num bosque e o final que é um fragmento de propaganda em favor de algo que, fora do país de D. H. L. de qualquer forma, faz toda propaganda por si mesmo.

T. S. E. foi nomeado professor em Havard e vai deixar a Inglaterra no ano que vem. Meu Deus! Tenho de lidar com aqueles editores cara a cara? Meus cumprimentos Sinceramente seu

James Joyce

[180] *Nouvelle Revue Française (NRF)*, célebre revista fundada em 1908 por André Gide e outros escritores.
[181] *Lady Chatterley's Lover*.
[182] Stuart Gilbert.

17 de janeiro de 1932
2 Avenue S. Philibert, Passy, Paris, França

Cara senhorita Weaver:

Obrigado por sua mensagem de pêsames.[183] Eu passei os quatro dias posteriores ao Natal enviando mensagens ao meu pai por telegrama e carta e telefone ao hospital toda manhã. As semanas desde então vão passado em prostração mental. Gilbert veio aqui quatro ou cinco vezes mas não pude recompor meus pensamentos ou fazer qualquer coisa. Estou pensando em abandonar a obra completamente e deixar a coisa inacabada com espaços em branco. Preocupações e ciúmes e os meus próprios erros. Por que continuar escrevendo sobre um lugar aonde não ousaria ir neste momento, onde nem três pessoas me conhecem ou me compreendem (no obituário o editor do *Independent* levantou objeções contra alusões à minha pessoa)? Mas após a minha experiência com os chantagistas na Inglaterra eu não tinha nenhuma vontade de encarar a coisa irlandesa. E toda a minha família e até mesmo meus amigos irlandeses estavam contra isso. Meu pai tinha um afeto especial por mim. Ele foi o homem mais tolo que já conheci e contudo implacavelmente astuto. Ele pensou em mim e falou de mim em voz alta no seu último momento.[184] Eu sempre gostei muito dele, sendo eu mesmo um pecador, e até mesmo gostava de seus defeitos. Centenas de páginas e grande número de personagens em meus livros procederam dele. Sua seca (ou antes úmida[185]) sagacidade e a expressão de seu rosto me faziam muitas vezes rolar de rir. Ele a conservou na velhice. Quando ele recebeu o exemplar que lhe enviei de *Tales told* etc. (assim eles me escreveram) ele olhou demoradamente o *Retrato de J. J.* de Brancusi e finalmente observou: Jim mudou mais do que eu pensava. Obtive dele seus

[183] John Stanislaus Joyce, pai do escritor, morreu na Irlanda em 29 de dezembro de 1931.
[184] "Diga a Jim que ele nasceu às seis da manhã", disse John Joyce em seu leito de morte. James Joyce havia escrito a ele algum tempo antes perguntando a hora de seu nascimento, porque um astrólogo estava fazendo seu horóscopo.
[185] Entenda-se: alcoolizada.

retratos, um colete, uma boa voz de tenor e uma extravagante disposição libertina (da qual provém, contudo, a maior parte de qualquer talento que eu possa ter) mas, afora isso, não posso dizer mais nada. Porém se um observador pensasse no meu pai e em mim e no meu filho também fisicamente, embora sejamos todos muito diferentes, ele talvez conseguisse dizê-lo. É um grande consolo para mim ter um filho tão bom. Seu avô gostava muito dele e manteve a fotografia dele ao lado da minha sobre a lareira.

Eu sabia que ele estava velho. Mas eu pensava que ele iria viver mais. Não foi a morte dele que me massacrou tanto mas a auto-acusão.

Helen[186] ainda não deu à luz. Desde que a senhorita Beach[187] gritou comigo como lhe contei e disse que me daria os direitos de presente de Natal (o que ela fez) não tive mais notícia até que ela devolveu minha última carta a Conner sem comentário e a inclusa.[188] É uma coisa idiota, também.

Ela me ligou ontem ou anteontem muito excitada com o meu "jubileu". Umas pessoas vieram de Berlim onde eles estavam para fazer alguma coisa. Ela disse que ela pretendia sair de Paris para umas férias mas se eu quisesse ela cancelaria isso e organizaria algo aqui também. Eu estava muito deprimido para responder.

Estou feliz que esta carta não tenha causado a prostração que a outra que escrevi causou. Mas ela me cansou um pouco.

Espero que as suas notícias sejam boas. Com minhas respeitosas saudações Sinceramente seu *James Joyce*

[186] Nora de Joyce e mãe de seu neto Stephen James Joyce, que nasceu no dia 15 de fevereiro de 1932.

[187] Os primeiros meses de 1932 foram marcados por alguma tensão entre Joyce e a srta. Beach; mas a verdade é que a relação entre os dois já vinha se deteriorando desde 1929.

[188] O documento incluso na correspondência não chegou até nós.

10 de julho de 1932
Carlton Elite Hotel, Zurique, Suíça

Cara senhorita Weaver:

Removi Lucia e sua enfermeira às escondidas da clínica, através de Paris e rumo à Áustria.[189] Eis o primeiro resultado. Todos em Paris ficaram melindrados comigo porque eu não iria lhes permitir que a vissem enquanto ela estivesse lá... Eu realmente não sei o que fazer com *U*.[190] O plano dos EUA parece ter ido a pique. A 11° edição acabou mas a senhorita Beach só quer depositar os direitos autorais em conta corrente (uma questão menor uma vez que tenho algum dinheiro) depois de suas férias e não fará avançar uma 12° edição ao passo que se eu fizer isso significará uma explosão. É o único livro na sua livraria que continua vendendo.

Voltando a Lucia. Nós temos que arranjar um asilo para ela caso ela venha a ter uma nova crise.[191] Então queremos ir a Neuchatel para ver um lugar lá. Nós mesmos queremos ficar perto de Lucerne. A mudança de Paris, com taxas e passagens e hospedagem vai me custar 10.000 francos adiantados. Falei com o Sr. Brauchbar, um velho amigo meu daqui e pupilo, o mais rico comerciante de seda na Suíça e ele me prometeu fazer o que ele puder a respeito das coisas de Lucia. ... Ele também subscreveu com uma cota para o livro dela.[192]

[189] Feldkirch, onde Lucia ficou aos cuidados do casal Jolas (Maria e Eugene).

[190] *Ulisses.*

[191] Dificuldades amorosas provocaram essas crises em 1932, segundo Richard Ellmann. Lucia foi a seguir diagnosticada com um tipo de esquizofrenia caracterizada por alucinações, ilusões absurdas etc., chamada "hebefrênica". Por dois ou três anos ela estivera interessada em Samuel Beckett, que frequentemente visitava os Joyce. Beckett lhe confessara, porém, em 1931, que vinha ao apartamento da família primariamente para ver o pai dela. Alertado por Nora, Joyce então disse a Beckett que ele não era mais bem-vindo. Um ano depois, porém, o contato entre os dois foi normalizado.

[192] Joyce pediu que Lucia não parasse de trabalhar nas *lettrines* (letras ornamentadas): a pedido do pai, ela estava colaborando numa edição especial de *Pomes Penyeach*, livro de poemas de Joyce. Essa edição, um fac-símile do manuscrito, saiu em 1932, com alguns dos desenhos de Lucia.

Se o meu plano de enganar os 3 médicos der certo ou falhar eu serei responsabilizado — se der certo ter por permitido colocá-la uma clínica, se falhar por ter contrariado os médicos.

Vogt[193] estava em Amsterdam para uma operação mas ele me verá amanhã. Chove chove e chove horrores aqui e estou nervoso com meu olho que todo mundo acha que está melhor. Por que o melhor oftalmologista da Europa mora no pior clima para os olhos?

O sr. Herriot beijou a Fräulein X ontem em Lausanne e na Grã-Bretanha, chefiado pela Sra. Dolores Barney [?], é tudo pelo desarmamento e nós teremos um tempo encantador. Infelizmente o aguaceiro número 111 acabou de se anunciar. Não há ainda trovões e raios. Deus salve o Rei.

[193] Médico de Zurique, a quem Joyce queria consultar por causa de seu olho direito, que estava desenvolvendo uma catarata.

6 de agosto de 1932
Carlton Elite Hotel, Zurique, Suíça

Cara senhorita Weaver:

... Eis aqui uma carta do Dr. Codet[194] e você receberá de Borach uma carta que a enfermeira entregou em mãos por intermédio de Jolas escrita por Lucia para ela, embora não assinada e inacabada. E um documento inquietante. Queira por gentileza reenviá-la a mim A/C do Dr. Borach. Minha mulher não a viu.

Ela insistiu em ir para F[195] embora Lucia tenha me escrito uma carta perfeitamente normal esta manhã dizendo que ela queria me ver também e que eu não deveria ser deixado sozinho e que ela e a enfermeira viriam para Zurique.

Ela está trabalhando no seu alfabeto[196] e chegou ao "O". Jolas diz que 3 ou 4 das letras são assombrosas. O que me parece inquietante na carta não é tanto sua exaltação. Cada frase poderia ter um sentido racional e algumas das frases são muito refinadas. É certamente a ausência até de conexões casuais. Contudo ela ganhou 3 quilos, cerca de 6 libras em 3 semanas. Ademais quando ela ouviu vagamente o que Vogt disse ela teve uma violenta crise de choro e disse que ela deveria vir a Zurique para ficar com sua mãe. Qualquer coisa, até mesmo acessos de choro, que os retire [os que sofrem dessa doença] da absorção em si mesmos é um bom sinal.[197] Ela não poderia ganhar peso a menos que sua cabeça estivesse positivamente livre.

Minha mulher foi verificar se alguns arranjos podem ser feitos à frente. Ela não acredita todavia que a Lucia queira nos deixar definitivamente e acha que devíamos preparar um lar em Paris. Contarei mais a você quando ela voltar.

[194] Um dos médicos de Hay-les-Roses. Ele escreveu para Joyce concordando que Lucia poderia ter uma melhora num ambiente menos clínico.

[195] Feldkirch.

[196] Entenda-se, as *lettrines*, mencionadas em nota na carta anterior.

[197] Os primeiros médicos que examinaram Lucia preveniram Joyce de que a apatia era o maior perigo para a sua filha. Deram-lhe injeções, Lucia voltava a si, mas então agia selvagemente.

Que tipo de tresvario é ir à caça de apartamentos nestes dias? Estou me referindo a seu locatário também. Meu cozinheiro[198] fica neste mês pois seu "chefe", o embaixador, está na expectativa de ser transferido.

Você se importaria em mandar a carta de Codet para Giorgio,[199] La Ferme de May, Saint Jean-Cap Ferrat, Alpes Maritimes, France? Ele telefonou hoje de Genebra, perto de onde seu enteado[200] está acampado. Todos estão bem.

Espero que você não tenha mais tempestades como a de segunda-feira. Uma nuvem se precipitou aqui ontem e me deu um grande susto e um banho. Com os meus cumprimentos
Atenciosamente

James Joyce

[198] O inquilino do apartamento que Joyce e a família ocuparam em 1931, em Kensington, Londres, quando o pai do romancista estava muito doente em Dublin e ele quis ficar mais perto dele. Joyce pretendia residir ali por algum tempo, mas não gostou do lugar e mudou-se para outro endereço na cidade, subalugando o imóvel. Foi quando ele se casou com Nora.

[199] Giorgio Joyce, filho do escritor.

[200] David Fleischmann, filho de Helen Fleischman (Joyce) e Leon Fleischman.

25 de novembro de 1932
42 rue Galilée, Paris VIII, França

Cara senhorita Weaver:

O manuscrito nunca foi encontrado.[201] Apesar disso me pus a trabalhar nas notas que você gentilmente enviou e as organizei todas de novo. Foram devolvidas em envelopes que espero você tenha recebido bem. Também escrevi uma passagem intermediária e espero completar todo o fragmento amanhã ou depois de amanhã. Faber and Faber não quer que a editora holandesa o publique em uma edição de luxo pois eles querem ter prioridade na publicação.[202] Pode ser possível como Léon[203] sugere unir a oferta das duas firmas embora eu pessoalmente duvide que uma casa editora inglesa concorde em colocar sua marca num conjunto de tipos montados no continente. Estou bastante perplexo com a manifesta ansiedade da F.&F. para publicar amostras da minha algaravia mas evidentemente há uma certa procura por isso...

Um exemplar hors commerce [não comercial] foi destinado ao gerente do O.U.P [Oxford University Press] Sr. Hubert Foss e de fato ele havia sido contatado e solicitado a enviar seu prenome de modo que o exemplar pudesse lhe ser dedicado. Eu particularmente queria que ele o recebesse pois pensei que a sua firma pudesse dar uma vaga para a Lucia, mas há apenas quatro folhas aproveitáveis e enviá-las poderia ser ofensivo embora não mandar nada seja ainda mais. K.[204] se recusa a perder mais dinheiro muito naturalmente (de fato embora ele seja um empresário ávido ele fez seu trabalho muito bem e os produtores franceses o fizeram também e minha filha também) mas entre os direitos

[201] Eugene Jolas temia que o manuscrito em questão (ao que tudo indica, o capítulo IX de *Work in Progress*) estivesse nas mãos de alguma pessoa inescrupulosa.

[202] Em junho de 1934, a Servire Press em The Hague, Holanda, publicou, com desenhos de Lucia Joyce, *The mime of Mick Nick and the maggies*, capítulo IX de *Finnegans Wake*.

[203] Nesse período da vida de Joyce, Paul Léopold Léon fazia toda a sua correspondência.

[204] Jack Kahane, fundador da Obelisk Press, sediada em Paris. Em 1932, ele publicou, de Joyce, *Haventh Childers Everywhere* (fragmento de *Work in Progress*) e *Pomes Penyeach*.

alfandegários britânicos, as tergiversações dos assinantes, que imaginam que o fim do mundo está perto e não têm nem mesmo a inteligência para saber que o livro é melhor do que uma cédula... terei 1.500 francos de prejuízo por enquanto. Propus no contrato com a F. & F. e com a firma holandesa que na hipótese de se fazer a edição do fragmento deverá ser de uma parte inicial e de uma final. Todo esse assunto é um esforço terrível e sou realmente como que um cego caminhando num nevoeiro. Não sei tanto sobre iluminura quanto penso saber sobre canto mas S.[205] foi uma coisa muito fácil em comparação com isso. Queria saber que tipo de pessoas você encontra pois onde quer que eu vá eu piso em cardos da inveja, da desconfiança, do ciúme, do ódio e assim por diante. Você ficará alarmada com razão ao saber que Lucia outro dia anunciou sua intenção de se mudar para ficar com você!!!! Ainda a estou mantendo longe dos médicos e das enfermeiras mas só Deus sabe se estou agindo certo ou não. Espero que ao receber o cheque[206] pela manhã ela comece a trabalhar novamente. Infelizmente essa forma de arte é muito dispendiosa então estou tentando fazer com que ela se interesse pelo desenho em preto e branco. Eu, que não consigo distinguir uma pessoa da outra. Eu dei a ela Under the Hill de Beardsley[207] mas não é o seu melhor. Você não precisa responder a todo este palavreado sem sentido. Infelizmente ela também parece haver hostilizado um grande número de pessoas incluindo seus parentes próximos e como sempre sou o parceiro que está na chuva para se molhar estendendo ambas as mãos se ela está certa ou não em sua franqueza brusca é uma questão que minha cabeça está confusa demais para responder.

Uma edição de luxo do novo *Ulisses* 25 exemplares e 10 hors de commerce em papel feito à mão será publicada em uma semana. Um exemplar está sendo impresso para você.

[205] Sylvia Beach.

[206] Joyce mandou 1.000 francos ao editor pedindo que enviasse esse dinheiro a Lucia sem mencionar de quem era.

[207] Audrey Beardsley, ilustrador e escritor inglês.

9 de junho de 1936
7 rue Edmond Valentin, Paris VII, França

Cara senhorita Weaver:

Meu irmão, expulso da Itália, deve chegar aqui no dia 16 do corrente mês, com ou sem sua mulher e o buldogue.[208] Meu filho tem que permanecer na cama ou num sofá por 4 ou 5 meses. [209] Minha filha está num hospício onde eu soube ela caiu de uma árvore. Eu tenho de pagar as seguintes contas imediatamente ou se não o mais cedo possível:

Dr. Welti (cirurgião) 6.000
Dr. Garnier (auxiliar) 1.000
Dr. Fawcett (auxiliar do dr. Fontaine) 500
Dr. Rossi (substituto do dr. Islandsky 1.000
Dr. Delmas (enfermeiro do hospício) 2.700
= 1 mês de pensão e 2 exames de sangue[210])

Eu já paguei o American Hosp. e os honorários do cirurgião o dr. Bone que me operou.

A razão para eu ter de pagar os drs. Welti e Garnier e para eu já ter pago (2.000 frs) para a Clinique em Asniers[211] onde o meu filho foi operado é o pedido do meu filho para fazê-lo.

Eu também paguei o prof. Agadjarian 1.700 frs.

Depois desses pagamentos faltará pagar só dr. Islandsky e tudo o que ainda for devido ao dr. Macdonald.

Acredito que posso cobrir a maior parte das despesas com a publicação do alfabeto da minha filha.[212] Meu propósito não é con-

[208] Stanislaus não foi, porém, para Paris: ele e Joyce se encontraram na Suíça, em setembro de 1936.
[209] Em razão de uma operação na garganta.
[210] Joyce usa a locução "2 intemperometrical blood tests".
[211] Asnières-sur-Seine.
[212] O livro *A Chaucer A.B.C.*, com as primeiras letras de Lucia Joyce, foi publicado com um prefacio de Luis Gilles em julho de 1936, pela Obelisk Press em Paris.

vencê-la de que ela é um Cézanne mas que no seu 29° aniversário no supramencionado hospício ela possa ver algo que a convença de que todo o seu passado não foi um fracasso. A razão para eu continuar tentando de todas as maneiras encontrar uma solução para o seu caso (a qual pode surgir a qualquer momento como aconteceu com os meus olhos) é não deixá-la pensar que está fadada igualmente a um futuro vazio. Estou ciente de que todo mundo me culpa por sacrificar esse precioso metal o dinheiro a tal ponto com esse objetivo quando seria afinal tão barato e tranquilo trancafiá-la numa prisão econômica para doentes mentais para o resto da vida dela.

Não farei isso enquanto eu vir uma única chance de esperança em sua recuperação, tampouco a culparei ou punirei por ter cometido o grande crime de ser uma das vítimas de uma das doenças mais ardilosas conhecidas dos homens e desconhecidas da Medicina. E eu suponho que se você estivesse onde ela está e sentisse o que ela deve sentir você talvez sentisse alguma esperança se você sentisse que não estava nem abandonada nem esquecida.

Alguma doença misteriosa foi aos poucos tomando conta dos meus dois filhos (os médicos estão inclinados a remontar a sua origem à nossa residência na Suíça durante a guerra) e se eles não conseguirem fazer nada por eles ela é a culpada, não eles. O caso da minha filha é de longe o pior dos dois ainda assim como o meu filho foi capaz de fazer tudo o que ele fez com sua voz nos EUA nesse estado em que se encontrava (ele não conseguia muitas vezes levantar um copo da mesa e muito menos controlar as suas cordas vocais) é também um mistério para mim.

León diz que eu escrevo esta carta. Muito acertadamente. Suponho. Ele não quer ser acusado de ter sido um cúmplice benevolente do meu suicídio financeiro. Gosto tanto de escrevê-la quanto você gostará de lê-la.

Há muitos anos ele vem me pedindo com insistência para que eu escreva uma carta de explicação ao administrador fiduciário britânico pedindo que Sua Excelência me permita, a mim que sou conhecido por todos como um grande esbanjador, descontar alguma quantia do dinheiro que foi confiado a ele para a educação dos meus filhos. Eu nunca o encontrei e não sei quem ele é ou o que ele tem a ver com os meus dois filhos e não pretendo escrever a ele nenhuma carta preto no branco sobre o assunto. Cabeça-dura como ele provavelmente é ele poderia muito bem ser dispensado de se perguntar por que eu estaria precisando desse dinheiro para a educação de Giorgio de 31 anos e pai de um filho de 4½ anos e de Lucia de 29 anos.

Se você se arruinou por minha causa como parece altamente provável por que você me culpará se eu me arruinar pela minha filha? Que utilidade terá para ela qualquer soma ou providência se lhe for permitido, pelo descaso dos outros que chamam isso de prudência, cair no abismo da insanidade? É inútil culpar os médicos tampouco.

Eu odeio escrever essas cartas. Por isso eu desisto quase em desespero. Mas como eu tenho de pagar esses médicos alguém tem que escrevê-la. Com os meus cumprimentos Sinceramente seu

James Joyce

SOBRE OS TRADUTORES

DIRCE WALTRICK DO AMARANTE é tradutora, ensaísta e professora do curso de Artes Cênicas da Universidade Federal de Santa Catarina. É autora, entre outros, de *Para ler Finnegans Wake de James Joyce*, obra publicada por esta editora. Traduziu e organizou *Finnegans Wake (por um fio)*, de James Joyce; e traduziu *Cartas a Nora*, de James Joyce, com Sérgio Medeiros, obras publicadas também por esta editora. Colabora em jornais como *O Globo* e *O Estado de S.Paulo*.

SÉRGIO MEDEIROS é tradutor, ensaísta, poeta, ficcionista e professor titular de Teoria Literária na Universidade Federal de Santa Catarina. É autor, entre outros, de *A formiga-leão e outros animais na Guerra do Paraguai* e de *A idolatria poética ou a febre de imagens* (Prêmio Biblioteca Nacional 2017 na categoria poesia), ambos publicados por esta editora. Colabora no diário *O Estado de S.Paulo* e coedita com Dirce Waltrick do Amarante o jornal online *Qorpus*. É pesquisador do CNPq.

Harriet em desenho de Wyndham Lewis.

James Joyce em desenho de Wyndham Lewis.

Este livro foi composto em *Scala* pela *Iluminuras* e terminou de ser impresso em setembro de 2018 nas oficinas da *Meta Brasil Gráfica*, em São Paulo, SP, em papel off-white 80g.